わたしは孤独な星のように

池澤春菜

Haruna Ikezawa
I Wandered Lonely as a Star
and Other Stories

早川書房

わたしは孤独な星のように

装幀：川名 潤

目　次

糸は赤い、糸は白い

しらしらしらしら……

誰かが笑っているような、軽い軽い雪が降るような、昇るような降《くだ》るような音。

しらしらしら……

これは襞《ひだ》の隙間から、管孔《かんこう》から、胞子たちが飛び立つ音。小さな小さな胞子が密やかに触れあいながら空気を捉え、放たれていく。世界に満ちる幸せを謳《うた》いながら、昇りゆく、降りゆく、胞子たちの笑い声。

地面の中からも、さりさりくちくち、音が聞こえる。これは菌糸の伸びゆく音。落ち葉を抱え、死骸を抱き、木の根に寄り添い、細い指のような菌糸を伸ばしていく。ため息をついて子実体《しじったい》が伸び上がる。世界を満たす喜びを呟きながら傘を広げ、頭をもたげる。

しらしらさりさりくちくち。

いっぱいの音。みんな同じことを言っている。

会いたい。

この胞子と菌糸の先、世界を渡った先にいるあなたに。

1

目を覚ましたら汗びっしょりだった。冷えたパジャマが貼り付いて気持ち悪い。朝ご飯の前にシャワーを浴びて着替えちゃった方がいいかもしれない。

枕から頭を起こすと、布団の上から薄い冊子が滑り落ちた。またカタログを読みながら寝落ちしてしまった。変な夢を見たのはこのせいだ。寝てても起きてても、頭の中はきのこでいっぱい。間もなく物理的にもいっぱいになるはず。

手を伸ばしてカタログを拾い上げ、暗記するほど眺めたページを閉じる。

『マイコパシー　共生菌《きょうせいきん》の選択と手順』

学校で配られた分厚い手引きをばらして、きのこの種類のページだけホチキスで綴じた薄い冊子。この年のこの時期になると、学校中みんな行事のようにマイ冊子を作り始める。

制服と替えの下着を持ってバスルームに行く途中、ママがリビングから顔を覗かせた。

「音緒《ねお》ちゃん、今朝はコーヒーにする？　紅茶？」

「ん～、紅茶。ミルクと、あとお砂糖入れて」

人生にはカロリーと甘いものチャージが必要な朝がある。って言いながら、実はほぼ毎日だけど。

ずっしり湿ったパジャマを脱いで洗濯物入れに放り込んだ。鏡に映った自分の体が気恥ずかしくてすぐに目をそらす。また太った気がする。いつも太った気がしている。脂肪で内側からどんどん膨らんでいくみたいで気持ち悪い。

どんよりした気持ちは、いつもより温度を上げたシャワーを浴びているうちに消えていった。威勢の良い水音が、耳の奥に残っていた密やかな音も洗い流していく。お気に入りの香りのアウトバストリートメントを髪に揉み込む頃には、夢の気配はすっかり消えていた。

「おはよう、音緒」

「おはよ、パパ。ママ、やっぱわたしのお茶、お砂糖なしにする」

「え〜もう入れちゃったのに」

ミルクティーに目玉焼きとベーコン、八枚切りの食パン。お気に入りの朝ご飯を食べていると、ママが目の前の席に座った。

「音緒ちゃん、きのこ、決まった？」

「ん〜まだ。昨日の夜はアイタケって思ってたけど、朝起きたらやっぱりザラエノヒトヨタケも捨てがたくて。無難に行くか、珍しいとこ狙うか。でも狙いすぎても、なんかかっこつけてるみたいでダサいしさ。難しいんだよ」

ソライロタケとかニオイコベニタケとか選べたらいいけど、人と相性のいいきのこは種類が決まっているから仕方ない。透明感のある日傘みたいなザラエノヒトヨタケとヒスイ色のアイタケは、マイナーさと可愛さのバランスが良い感じで、今のところ第一候補。

「焦ることはないけど、方向性だけは決めとかないと。植菌《しょっきん》レポート、見た？」

「見てる。めっちゃ見てる。でも決まらな〜い」

植菌レポートはどこかの広告代理店が毎年発表している、去年の人気ランキングと今年の流行予想。それによると今年も去年と同じ、タマゴタケ独走。やっぱりきのこっぽい見た目とか、可愛い色とか強いのだ。

パパとママが顔を見合わせる。あ、交歓《こうかん》してるな、とすぐわかった。表情が柔らかくなって、少しだけ目が虚《うつ》ろになる。二人の間の空気が胞子できらきらしているみたいな気がする。朝から仲いいな、とちょっと呆れる。でも、羨ましくもある。

絶対的に理解し合える相手、言葉にしなくても気持ちの通じる相手がいるって、どういうものなんだろう。

そんなことをのんびり考えていたら、バスを逃しそうになって、慌てて家を飛び出た。

2

最初は感染症だと思われていたらしい。

スエヒロタケやヒトヨタケの胞子が肺に入りこむ真菌感染《しんきんかんせん》は二十世紀でも稀に死者が出ていたし。アメリカの西南部や南米で、渓谷熱とか砂漠リウマチと呼ばれていた風土病は、実は真菌の胞子によるコクシジオイデス症だった。

だからメキシコの綿花工場で流行った感染症も、当初は輸入綿花に付着した胞子でも吸い込んだのではないかと思われていた。

罹患《りかん》した従業員たちが、言葉を使わずに意思疎通をしだすまでは。

最初の兆候は生産効率が上がったこと。あるラインでミスが格段に減り、作業効率が良くなった。管理者は頭をひねったけど、従業員の習熟度が上がったのだろう、と深く考えなかった。数週間後、関連会社の視察が入った。

当時部長職だった男性が「気づいた時、ぞっとした」と語るドキュメンタリー番組を見たことがある。

「従業員たちは言葉も交わさず、目線も合わさず、まるで繰り返し練習した振り付けのように完璧に連携していた。背後に手を出せば、そこに必要なものが差し出される。一つの生き物のように、全員が同期して動いていた」

従業員たちはその時のことを「何も考えていない。歩く時にいちいち右足を出すとか、左足を出すとか考えない。そんな感じ。ただ動くだけ」と答えている。

これはさすがにおかしいのではないか、と騒ぎになった。新聞やテレビが面白半分で駆けつけ、ネットを通じて世界に広まり、本格的にその現象を検証することになった。

診断の結果、ほぼ全員が同じ真菌に感染していた。呼吸器から入りこんだ胞子は、脳に達し、脳幹を中心に球状体となり、シナプスを覆うように糸状体《しじょうたい》を発達させていた。工場で扱っていた綿花は、麦角菌《ばっかくきん》に似た子嚢菌《しのうきん》の変異種に寄生されていた。

ナレーションがきのこの生態を解説する。

「きのこは、栄養の摂り方によって、腐生菌《ふせい》、寄生菌《きせい》、そして菌根菌《きんこん》の三種に分けることができる。腐生菌は落ち葉や倒木、生物の死骸などを分解し栄養を吸収する。寄生菌は植物の根や他の菌類などに寄生する。冬虫夏草《とうちゅうかそう》など生物に寄生する菌もある。

菌根菌は糸状体を特定の植物の根に着生させ、菌根を形成して共生する」

従業員の脳幹から見つかったのは、この菌根菌の一種だった。地上植物の実《じつ》に八割が菌根菌と共生関係にある。菌に満たされた世界で、人を次の宿主《しゅくしゅ》とするのは必然の進化だったのかもしれない。

シナプスを根と見なし、微量の炭素化合物を摂取する代わりに脳の発達を促す。感染した従業員たちはいずれも大脳皮質が通常より肥大していた。この新種の菌は脳根菌《のうこんきん》と名付けられた。

同じ頃工場で流行していた頭部白癬《とうぶはくせん》も、この脳根菌によるものだった。共生関係にある従業員たち、いずれも頭皮に同心円状の脱毛が見られる。大きさは2センチほど。後頭部付近に一つだけ、ないしは稀に二つ。皮膚糸状菌の集団感染かと思われたが、通常の治療を施しても改善されない。詳しく局部を調べたところ、脱毛部分にごくごく微細な襞様の組織が形成されていた。襞の中には胞子を作り出す担子器《たんしき》があった。

脳根菌はシナプスを流れる電子インパルスを細胞外電位信号として受け取る。この情報を載せた胞子が頭皮の担子器より排出され、周囲の同じ感染者の担子器を通じてとりこまれ、脳の樹状突起に到達すると、感情が共有される。

こうして感染者は共感能力《エンパシー》を得ていた。

綿花工場で改善したのは作業効率だけではない。従業員同士のトラブルもまた著しく減っていた。貧困地区に建てられた工場では喧嘩や揉め事が絶えない。食堂や更衣室などで頻繁に傷害事件や乱闘が発生していた。感染以来、事故や事件の発生数はほぼ0だ。相手の感情を受け取れるようになった結果、理解と共感が生まれやすくなった。どうしても相容《あいい》れない主張がある者同士は、自然と距離を置くようになる。脳根菌による緩やかな環境コントロールだ。

原因がわかったときには、既に脳根菌はメキシコの地方都市から世界へと広がりつつあった。
新しい社会様式への移行は、必ずしもスムーズではなかった。一部の人々は脳根菌との共生を汚染と呼び、受け入れられずに孤立した。感染したことに絶望し、子供を手にかけて一家心中を図った家族。感染者を狙った爆破テロ。脳根菌を神と崇め、少しでも早く脳根菌を得ようと感染者を殺害し、その血を浴びたカルト教団。突飛な陰謀論が現れては消え、混乱が排斥と分断を生んだ。

それでも、この道は一方通行だ。感染したものは他者との親和性を得る。少しずつ世界は落ち着き、人々は脳根菌を受け入れていった。

mycopathy《マイコパシー》と名付けられたこの能力によって、人は新たな段階に進化した。些細なすれ違いから生じる犯罪や、離婚件数が減った。暴力的な思考や差別的な言動は、共感によって緩やかに均《なら》され、誰もが穏やかで満たされた人生を送っている。

音緒は番組の最後を憶えている。落ち着いた声のナレーターが重々しく置いた一言。

「人類と菌類の愛と平和の共存である」

3

「もーあみだくじでいーじゃん」

休み時間もカタログを眺めてうんうん言っているわたしを、いち早く選択を終えたクラスメイトの信田《しのだ》ひなみが茶化す。

「音緒、悩みすぎだって」

「えー、でもひなみが決めた理由もちょっとどうかと思うけど」

ひなみはアイドルにはまっていて、早々にそのアイドルと一緒の菌を植えると決めていた。

「それ、あとで後悔しない？」

「じゃあ、音緒はさんざん今悩んで決めたら、十年後に後悔しないって言える？」

ひなみが容赦なく切り込んでくる。

「……言えない、かも」

「だったら悩んで決めても、即決しても、どっちでもいいじゃん。それに、あたしはシュ一ゴと同じ胞子吸ってるだけで幸せだもん」

「わかるー。くっつく可能性、ちょっとでも上げられるならなんでもするし」

きゃいきゃいと盛り上がる女子達は、迷いのない目をしている。みんなが夢中になっているアイドルはわたしだって嫌いではない。現実にいる男子はうるさくて、何考えてるかわかんなくて、気持ち悪いけど、アイドルは男子じゃなくてアイドルって生き物だから大丈夫。つるんつるんの肌で、キレッキレのダンスで、エモい歌詞で歌われたらやっぱりときめく。でも、みんなみたいに「一生好き！」と言い切れるほどではない。確信を持って言い切れる、その強さが羨ましい。

盛り上がった勢いで放課後カラオケに行って推しメドレーやろう、と言いだしたみんなについていく気になれず、曖昧に笑ってそっと話から逃げ出した。

大勢と一緒に騒ぐエネルギーはない。かといって、誰もいない家に独りで帰る気にもなれない。学校が終わった後、よく行くファストフード店に足が向かった。

ぼんやりとカタログを広げて見る。

植菌が行われるのは、脳がある程度発達し、黄体形成ホルモンが分泌される第二次性徴時が良いとされている。

ひなみの言葉を借りれば「タダでさえ悩み多い年頃だって言うのにアホか」だ。研究の結果、移植できる脳根菌の選択肢は増えた。違う菌種でもマイコパシーに差異はない、というのが公式見解。でも、同じきのこの方が気持ちが伝わりやすい、だから将来一緒になる相手は菌種で決まる、という噂も根強い。

植菌を受けた者は、鎖骨にきのこを示す頭文字とロットナンバーを入れる。自分はこういうきのこを選びました、ってアピールすることになる。アウトローに見られたいのか、コンサバで行くのか。髪型や服装みたいに後から変えられないのが悩ましい。

両親の脳根菌はベニハナイグチ。華やかさはないけれど堅実でいいきのこだ。今年もそれなりの人が選ぶだろうから、出会いのチャンスも増えるかもしれない。

ここは堅実に？

やっぱり冒険？

決まったと思った次の瞬間、気持ちが揺れる。

「あーもう決まんなーい、決まんないないナイアルラトホテップ〜」

後ろでぶはっと吹き出す音がした。やばい、と思って振り返ると、同じくらいの年頃の女の子が盛大にコーラを吹き出していた。

「あ、ごめんなさい！　つい口から出ちゃって」

「ナイアルラトホテップはないわ……びっくりした」

ばたばたと紙ナプキンであちこちを拭いてから振り返ったのは、すぐ近くの私立の制服を着た女の子だった。すっきりしたジャンパースカートにちょっと変わった形の襟のブラウスが可愛い。

「あーだめだ、ポテト逝った」

コーラでべしょべしょになったポテトを持ち上げて、女の子が笑う。

「あ、ごめん。弁償します、買ってくる」

「いーよ、もうそんな食べたくなかったし。あーでもさ、席、そっち行って良い？　ここ座ってらんないし、他の席埋まってるし」

「う、うん」

まごつきながら、荷物とトレイを持って移動してくる女の子をそっと盗み見た。派手じゃないけど、人目を引く容貌の子。長めのボブは顔周りがふわっと巻いてあって可愛い。髪の毛の甘さときりっと強めの眉毛が良いバランス。わたしより少し背が高いだけなのに、手足が細くてすらっとして見える。

「トクエ・コウコ」

「ひょっ」

手首の骨を細くていいなぁと見ていたので、とっさに変な声が出た。

「徳川の徳に、江戸の江に、家康の康で徳江《とくえ》康子《こうこ》、です。歴史大集合みたいな名前でしょー。コッコって呼んで」

「あ、えっと、コウノ・ネオ。上下の上に、野原の野、あと音と、糸偏に人の方の者、です」

「敬語なしでいこ。前も見たことあるよ。よくこの席いるよね？」

「う、うん、ここ割と広いし。柱の陰の席だと落ち着くし。あと、ポテトの塩加減が好き」

「おお、同じ！　カリカリが多くて良いよね、ここのポテト」

言われて思いだし、慌てて自分のポテトを勧める。コッコは屈託なく口に放り込んだ。

「で、何がナイアルラトホテップなん？」

「あー、きのこ。きのこ決まんなくて」

「それはナイアルラトホテップだわ」

「とく……コッコはもう決めた？」

「まだ。まじ悩んでる。音緒、候補ある？」

コッコがわたしのカタログを取ってパラパラとめくる。

「ザラエノヒトヨタケか、アイタケ。でも他のも無限に悩んでる」

「おお、お目が高い！　ザラエノ、儚《はかな》い感じがいいよね〜。アイタケのあの色もさ、青磁みたいで綺麗だし」

「コッコは？」

「もういっそシロオニタケいってみようかと。強くない？」

「だったらドクツルタケいっちゃえば？」

デストロイエンジェール！　で声がハモる。死の天使ことドクツルタケは、真っ白ですらっとしていて、様付けしたくなる美しさ。さすがに選ぶ人は殆どいないけれど、わたしのお気に入りのきのこだ。その気持ちを共有できたみたいで、嬉しくなった。

コッコはきのこに詳しくて、話し方のテンポが良くて、あっという間に仲良くなれた。あだ名呼び最短記録だったかもしれない。

4

それから放課後は何となくあの店に集まるようになった。きのこは何回会っても決まらなかったけれど、コッコと話しているのは楽しかった。

コッコの通う私立の挨拶がごきげんよう、なこと。

学校では猫を被っているから一人称が「わたし」だけど、わたしの前だと「あたし」になること。

父親は開業医、母親はウェブデザイナー、三歳上の兄とミッチャムと言う名前のキジトラ猫がいること。

お返しに自分のことを話す。言葉は糸を手繰るように出てくる。学校ではトロい方だと思われている。考えながら、ゆっくり話すからだ。言葉の意味と形を手探りして、ぴったりくる一言を探し当てたい。でも、わたしがその一言を見つけた頃には、飛び跳ねるように話す同級生たちは、あっという間に先に行っている。

コッコもポンポン話すけれど、飛んでいった先でいつもわたしを待っていてくれた。戻って来て手を貸して、特別探しにくい言葉を一緒に見つけてくれたりもする。コッコと話していると、間違っても良いし、行ったり来たりしてもいい。

「前世、あたしたちさぁ、きのこだったんじゃない？」

頬杖をつきながら、コッコがふいに言った。

「そんでおんなじ菌糸から生えてたのかも」

わたしとコッコがきのこになって並んでる光景は、想像するとなかなか可愛い。

「そうかも。だから、言葉が通じるんだね」

「あのさぁ」

珍しくコッコが言いよどむ。

「あのさぁ、イヤだったら良いんだけどさ」

ポテトに目を落として、ねじねじと摘まんでいる。

「おんなじ、菌種にしない？」

「え?! あ、うん……だね」

「ほんと？」

パッと顔を上げると髪がフワンと揺れて、その中からぴっかぴかの目がわたしを見つめていた。そのピカピカに目がくらむ。

「だって、あの、ほら、ずっと一緒に選んでるし。コッコ、とは、すごく話しやすいから……おんなじきのこにしたら、もっと楽しいと、思う」

目がくらんで、ドキドキして、つっかえつっかえ、何とか言葉を繋げた。

「嬉しい、音緒、大好き！」

直球で投げ込まれた言葉に息が止まるかと思った。

「うん、わたしもコッコ大好きだよ」

大丈夫かな、声震えてないかな、変な間が出来てなかったかな。コッコはいつもすごいボールを投げ込んでくる。わたしのお腹の真ん中にあたったボールは、うずくみたいな不思議な痛みを残した。


積もった葉っぱ。朽ちて、砕けるその隙間。

菌糸を差し込み、ゆるめ、こじ開ける。

太い主根、細いヒゲ根。地面いっぱい、みっしりと。

菌糸を沿わせ、まとわり、忍び込む。

満ちて充ちて、いっぱいに埋めて。交歓交換、喜びと満足と。

伸びて伸びてその先へ。どこまでも菌糸を、指を伸ばして、その先へ。白いわたしの糸をあなたに伸ばす。

5

生理が始まった。

わたしの体は勝手に準備を進め、子宮をぐわぐわ動かして、内壁を剝がして吐き出し始めた。初めての生理に、やたら張り切って、症状全部盛りにしてきた。

ぐずぐずとしたお腹の痛みは鎮痛剤を飲めば治まるけれど、体の重みとむくんだ足のだるさ、着替える度に鼻につく匂いが気持ち悪い。

二日だけ学校を休み、その間は寝て起きてご飯を食べて薬を飲んでまた寝てた。

その後も学校の委員会や家の用事が続いて、コッコに会えたのは二週間近くたってからだった。その間もメッセージで話はしていたけれど、久しぶりに顔を見たら、またしてもお腹がきゅうっとなって慌てた。あれ、もしかして生理ってこんなすぐ来るの？

「大丈夫？」

「大丈夫じゃない」

「だよね」

「むかつく。痛いし、気持ち悪いし、熱っぽいし、お腹下すし、機嫌悪くなるし、全部まとめて、むかつく。子供なんていらないから、残りの人生から生理免除してほしい」

一気に言ってばんとテーブルに突っ伏す。後ろ頭をコッコが躊躇《ためら》いがちにふわふわと撫でた。薄荷糖みたいに白くて細いコッコの指が髪の間を滑っていく。

「植菌したらさ、そーゆー痛いのとか嫌なこととか、半分もらうよ」

コッコはまだ生理が来ていない。細くて体重も軽いので、他のみんなより少し遅いのかもしれない。会えない間も苦しむわたしを気遣ってくれていたけれど、この痛みや苦しみをコッコは知らないんだ、と思うと寂しかった。わかりあえないことができてしまった。

でも、言葉が埋められない二人の間をマイコパシーなら繋げてくれる。

「ごめんね、なんにもしてあげられなくて。音緒の痛いとか苦しいって思いと、あたしの大丈夫？　良くなるといいね、って気持ち、早く交換できるようになりたいな」

薄荷糖の指が、お腹の中の痛い嫌な気持ち悪い場所をすうすうと撫でてくれる。そう考えると、これから何十年も続く生理の痛みが我慢できそうな気がした。

「ふふ、あれじゃん。喜びは二倍、悲しみは半分」

「そ。病める時も、健やかなる時も」

しゅわしゅわとくすぐったくて涼しくてあったかい気持ちが湧き上がってくる。なんだこれ……なんだこれ！　動揺して、慌てて、パニックになって、顔が上げられないまま、頭の上のコッコの手をぎゅっと握った。コッコの手がわたしの指と絡まる。なんだかあまりにふわふわして気持ちが良くて、一生このままでいたいと本気で思った。

思ったのに。

「すんません」

誰に誰が話しかけているのかわからなくて、ちらっと目を上げる。テーブルの横にズボンの足が見えて、慌てて起き上がった。ときどきこのファストフード店で見る男の子二人だ。わりと背が高めで、わりと顔がいい。

「あのさ、いつもここに二人いるじゃん？　なんか気になってて」

「俺たちも二人だし、せっかくだから話しかけてみっか、って」

わーめんどくさい、と警戒しながら断ろうとしたのに、コッコがわたしを見て、

「音緒、いいよね？」

と聞くなり、二人に席をすすめてしまった。愛想が良いのも問題だと思う。

二人は飴田《あめだ》悠椰《ゆうや》と、茂澄《しげすみ》海智《かいち》と名乗った。さっそくコッコがユウヤ、カイチと親しく呼び始める。目にかかるくらいの長い黒髪に猫背で一重のユウヤ。アイドルっぽいワンコ系で明るい短髪にちょっと垂れ目のカイチ。

コッコはずっと前から友達だったみたいに二人と話している。わたしはなんだか機嫌が悪くて、でもなんで機嫌が悪いのか、どうしたら気持ちが晴れるのかわからなくて、ずっと黙っていた。二人は、わたしが気後れしてるんだと思いこんで、あれこれ気を遣ってくれる。帰りたい。お腹が痛くないのに痛い。ぼんやりしていたら話がどんどん進んで、今度カラオケに一緒に行こうという約束が出来ていた。

帰り道、スマホにコッコからのメッセージが入る。

「今日まだ具合悪かった？　大丈夫？　ゆっくり休んで」

その後に「甘いもの食べちゃえ」とにやりと笑う悪魔の顔文字。うん、も、ううん、も打てなくて、指がずっと彷徨《さまよ》っている。でも既読がついているのに返事に時間がかかってたら、本当に具合が悪いと思われるかも。言葉を幾つも幾つも選んで捨てて、一言だけ打ち込んだ。

「そだね」

クラスメイトと話す時みたい。コッコなのに。鼻の奥がぎゅっとなって、涙と鼻水が一緒に出てこようとしている。さっきまで手を繋いでいたのに。もうメッセージでも繋がれない。

「めんどくさ、自分、ほんとめんどくさい！」

夜はママの作ったチキンカツをヤケになって山盛り食べた。わたしなんてデブデブに太ればいい。醜くなって、誰からも無視されたらいい。

このところわたしがあまり食べないことを気にしていたママは喜んでいたけれど、自己嫌悪と胸焼けでずっと気持ち悪かった。

6

意外なことに、ユウヤとカイチと遊ぶのは悪くなかった。

最初はコッコへの当てつけのように無理して明るく楽しんでいるふりをしていたけれど、ユウヤたちのノリが良くて気楽に話せる。そんなわたしをコッコはにこにこと見ている。

二人はもう植菌を済ませていて、鎖骨のマークを照れながら見せてくれた。二人のきのこは、ベニテングタケ。なんか、わかりやすいな。

植菌をする特別知覚拡張接種センターは、きのこハウスってやたら軽い愛称で呼ばれている、とか。植菌をして一週間くらいは、妙に変な夢ばかり見た、とか。二人のクラスメイトに、勢いと強がりでバカマツタケを選んだ人がいてめちゃくちゃ後悔している、って話には大笑いした。

「音緒ちゃんてさー、最初と印象違うね」

「あの時は、ちょっと寝不足で」

「そっか。急に話しかけちゃったから警戒されてるんかと思ってた。良かったよー、今日普通で」

普通かぁ、これがこの二人の見ている普通のわたしなんだ、そう思ったら気が楽になった。学校の男子と違って、この二人の前でなら新しい音緒でいられる。失敗しても、もう会わなければいい。二人が見ている明るくて快活でノリの良い音緒が楽しくて、さらにはしゃいだ。普段歌わない歌も、飲まない炭酸も、新しい音緒ならチャレンジできる。

トイレに行っていたユウヤが、わたしの隣にどさっと座る。カイチと目を見合わせて、笑った。そのちょっと悪そうな顔に、秘密の会話を見ちゃったみたいでドキリとする。いいな、わたしも早くコッコとあんな風に繋がりたい。

ユウヤが急に体を寄せてくる。どういうこと？　近いよ、って文句言った方がいい？　それとも新しい音緒はそんなこと気にしない？　ふれ合った腿の布越しに熱が伝わってくる。

コッコとカイチは難しいラップのある曲を一緒に歌っている。カイチがミスる度、ユウヤがヤジを飛ばす。気がついたら、後ろの背もたれにユウヤの手が回されていた。今ここで避けたら、嫌がっているように思われるかもしれない。新しい音緒はそんなことしない、こんなの普通だから。気にしていない顔で、ユウヤを見て笑った。ユウヤも笑い返して、その手が肩に回されて、ぐいっと力が入って、顔が……

思い切り顔を下げたら、おでこがユウヤの口と顎にガツンと当たった。その勢いのまま立ち上がって、おでこを押さえてカラオケボックスを飛び出した。

ユウヤの歯が当たって、おでこが切れているかもしれない。でもそれよりも、唾液がついているような気がして気持ち悪くてたまらない。洗いたい、でも早く遠くに行かないと追っかけてくるかも。おでこを押さえたまま、半泣きで走り続けた。

息が切れた頃に、ちょうど小さな公園に行き当たった。水飲み場で思い切り顔を洗う。こすってもこすってもおでこの痛みと気持ち悪さは消えなかった。ハンカチも何もかも、というかバッグごとカラオケボックスに置いてきたことに気づいて、びしゃびしゃの顔のままベンチにへたり込んだ。

ポケットで何かが震えている。スマホだ。コッコからだった。

「いまどこ?」

「わかんない、公園、どっかの」

「そこにいて。すぐ行く」

本当にすぐに来た。全力で走ってきたらしく、髪の毛がぐしゃぐしゃだ。わたしを見つけるとつかつか目の前まで来て、しゃがんで顔を覗き込む。

「何された?」

「な、なんにも。あ、ううん、たぶんキスされそうになって、それで、パニクって、あの」

コッコが大きく息をつく。それからハンカチを取り出して、わたしの顔を拭きはじめた。

「そんなことだろうと思った。もう大丈夫だよ、あいつ、とうぶんそんなこと出来ないから」

「なに?」

「前歯折った」

「え?! わたし? おでこで?」

「違う違う。あたし。あたしが折った。マイクで殴って。ついでにカイチも殴った」

「な、殴っ……えええええ」

ぐいぐい顔を拭いていた手を止めて、コッコがうつむく。

「ごめん。音緒が無理してるのわかってたのに、ごめん」

わかっていてくれたんだ。それが嬉しくて、にやけそうになる唇をきゅっと結んでうつむいた。コッコが焦って手を握ってくる。

「本当にごめん! あたしが悪かった。なんか焦ってた。ここんとこ、音緒とずっと一緒で、すっごく楽しくて。でも音緒を独り占めしてるの良くない気がして。男子と遊んだりしたら、なんかもっと、普通かなって」

わたしだともつれてしまう言葉が、コッコだとめちゃくちゃな繋がりでどんどん出てくる。だけどわかった。コッコの言葉なら、いつだってわかるよ。わたしたち、もっと話せば良かった。

「音緒、怒ってるよね? ごめん、ごめんね……」

コッコが泣いている。どうしよう、コッコを泣かせてしまった。

「違うの! コッコは悪くない、悪いのはわたしだから」

コッコが泣くのを止めたくて、言葉を必死に押し出す。

「わたし、たぶん、おかしいんだと思う。最初はうまく出来てると思ってた。でもあんまり近くに来られて、くっつかれて、そしたら気持ち悪くなっちゃって……男の子と手を繋ぐこととか、キ、キスとか、怖くて、気持ち悪くて、イヤなの」

気づいたらわたしも泣き出していた。せっかく拭いてもらったのに、また顔がぐしょぐしょになってしまう。でも言葉は今度は絡み合って口からずるずる出てきて止められなかった。

「コッコがユウヤやカイチと付き合ったらどうしよう、って思って怖くて。わたしは付き合えない、無理。でもそしたらきっとコッコに忘れられちゃう。コッコと一緒にいたいの。どうしよう、わたし、コッコが好き」

出てきちゃった。

そうか、好きなんだ。うん、好き。コッコが好き。大好き。

「コッコとなら、手を繋ぐのも、キスするのも気持ち悪くない」

言い切って、終わった、と思った。

きっと引かれる、わたしこそ気持ち悪いって思われる。頭の芯がじんじんと痺れる。もう取り返しがつかない。自分でお終いにしちゃった。怖くてコッコの顔が見られない。

「ふふ」

あれ、コッコ笑ってる……？

「音緒、ごめん。百万回くらい謝る」

コッコがうつむいているわたしの頬に手を当てて、ぐいっと上に向けた。否応なくコッコと視線が合ってしまう。今の自分は絶対ブスだから、見られたくなかった。顔をうつむけようとするわたしと、絶対そうさせまいとするコッコで、ほっぺが大きく歪む。このままだとますますブスになる、と気づいて抵抗を諦めた。ほっぺたに添えられたコッコの手はひんやり気持ちよかった。

「あのね、あたしもなの。あたし、自分の気持ちがわからなくて、音緒の気持ちもわからなくて。でもこんなの普通じゃないかも、って不安で。あの二人使って試した、ごめん」

コッコの目が笑うように泣くように歪む。

「あたしは音緒が好き。音緒といたい。音緒ともっと、色んなことしたい」

コッコの顔が近づいてくる。髪が顔を撫でる。唇は額に触れた。

「消毒」

にこっと笑う。頬も耳も熱くて、コッコの手が火傷するんじゃないかと思った。

「あの、もしかしたら、口にも触ったかもしれ、ない……」

「嘘?! あいつ、前歯だけじゃなくて全身の骨ぶち折ってやれば良かった！」

「駄目だよ、コッコ、捕まっちゃう！」

「じゃあ、しない。でも、消毒はする」

コッコの唇が、今度は間違いなく唇に触れる。甘くて柔らかくて、幸せだった。でも、レモンやイチゴって言うより鶏刺しみたいな感触だね、と言ったら唸られた。


ようやく見つけた。あなたを見つけた。

一つになる喜び、混じり合う幸せ。胞子を振りまき、菌糸を繋ぎ、爆発して拡散して隅々まで満たせ。

あなたはわたし、わたしはあなた。

7

わたしたちは相変わらずきのこの選択に悩んで、時々こっそり手を繋いで、もっと時々キスをした。

コッコの家に遊びに行って、猫のミッチャムに渋々撫でることを許された。

コッコはわたしの家にお泊まりに来て、張り切ったママお手製のチキンカツを大量に平らげてみせた。

授業中にふいにコッコの睫の影や爪の形なんかを思い出して緩む口元を教科書で隠したりする。コッコも同じように、わたしのことを考えていてくれたらいいな、と思う。

「ね、これどう?」

いつもの店でいつもの席で。コッコが図書館で借りてきたきのこの図鑑を開いて見せてきた。

「ルリハツタケ……?」

カサはむっくりと丸く、波紋のような模様がある。褪せたデニムのような、灰色がかった青。

「ラクタリウス・インディゴ、ベニタケ目ベニタケ科、つまり、菌根菌だよ」

コッコが得意そうに言ってページをめくる。ポテトを齧りながら覗き込んだわたしは思わず息を飲んで、気管につめそうになった。夢のような色だった。瑠璃の名前の通り、とてもきのことは思えないような美しい紫がかった青。柔らかな襞が放射状に伸び、表にも増して鮮やかで幽遠な色を見せる。

「スカートのプリーツみたいだね。わたしたちの制服みたい」

「駄目だよ、ひっくり返して中見せちゃ」

コッコが笑う。でも、そうだったらいいのに。わたしたちがスカートの中に隠し持っているのが、こんな密やかな色だったらいいのに。赤い血の出てくる内臓じゃなくて。

「これ、とってもいいね」

「ベニタケ系だから、マイナーだけど。どうする?」

脳根菌の中では、ハラタケ目テングタケ科が一番種類が多い。誰でも知っている真っ赤なカサに白いポチポチのきのこの王さまベニテングタケや、つるりとした朱色の可愛らしいタマゴタケ、真っ白で美しいけれど猛毒のドクツルタケなど、メジャーどころが揃っている。だけどこのルリハツタケは日本では希少性が高く、あまり知られていない。

「マイナーだから……もしかしたら、ほんとにただのもしかしたら、だけど、出会いの機会が少なくなるかもよ?」

「ううん、いいよ。たくさんの知らない人より、わたしにはコッコがいるから」

むしろコッコが他の人と出会わないよう、マイナーなきのこを選びたい、とはさすがに言わなかった。

「決めちゃおうか」

コッコの白い指がルリハツタケの写真の縁を撫でる。視線を交わすと、二人の間を銀色の胞子が繋いだような気がした。

「病める時も、健やかなる時も」

「死がふたりを分かつまで」

「夢みたい」

「幸せだね」

コッコの瞳は、早くもルリハツタケの色に染まっているみたい。

8

三回目の生理の副産物は、腹痛と溶けるような眠気だった。わたしの体は片っ端から生理の症状を試してみることにしたのか、毎回違うカードをよこす。

朝から起き上がれず、またしても学校を休むことになる。うとうとしながら鎮痛剤が効いてくるのを待っていたら、部屋のドアが控えめにノックされた。

「音緒、甘いの、飲むか?」

パパだ。そういえば今日の午前中は、家でリモートワークするって言ってた。どうしても出社しなくちゃいけなかったママの代わりに、家に残ってくれたのかもしれない。何となく気恥ずかしくてどちらも体調のことは口に出さない。

「ん、飲む……ミルク七で」

暫くすると、パパがそっとドアを開け、マグカップにたっぷり入れたミルクコーヒーを持ってきた。大好きなバニラマカダミアの香り。わたしがまだ小さかった頃、両親が飲んでいるコーヒーをどうしても飲みたいと大泣きしたことがあった。パパはある日、デカフェのフレーバーコーヒーを買ってきた。温めたミルクにほんのちょっぴり、風味付け程度にコーヒーを加え、お砂糖をたっぷり入れた飲み物「甘いの」はわたしの大好物になった。年と共に少しずつコーヒーを増やし、今ではぎり四割まではいける。

マグカップを受け取り、両手で包む。湯気の中に鼻を突っ込むと、香りだけでもお腹の痛みが和らぐようだった。

「あのさ、パパ、マイコパシーってどんな感じ？」

所在なげに立っていたパパに話を振ってみる。

「言葉で説明するのは難しいなぁ」

「みんなそう言う」

「じゃあ、なんとかやってみる」

パパがわたしの手からマグカップを受け取り、机に置く。手を広げて、わたしの頬を包むようにして支える。

「どうだ？」

「え……あったかい、ね」

戸惑いながら答える。マグカップで温まった掌から、ほんわり頬に熱が伝わる。

「これがマイコパシー。で」

今度は人差し指を頬に当てる。

「こっちが、普通のコミュニケーション。ダイレクトに伝わるけれど、あったかさとかはわかりにくい。こんな感じだよ」

「わかったような、わからないような」

「だよなぁ」

苦笑しながら、マグカップを渡してくれる。

「じゃあママと喧嘩することとかないの？　意見が合わないな、とか」

「意見はそれぞれだよ、別の人間だからね。でも大きくずれることはないかな」

「ふーん。パパとママはさぁ、最初に会った時、運命の相手だ！　とか思った？」

パパが考え込む。わたしがゆっくり言葉を探して喋るのはパパ似だね。

「パパとママは大学の同級生だった。でも最初に会った頃、ママは他に付き合っている人がいてね。そりゃもう熱々で。ずいぶん羨ましかったよ」

「それだけ？　パパ、ママのこと好きじゃなかったの？」

「その頃はまだ友達だっただけ。でも、ママとその恋人は上手くいかなくなってしまった。その人に、他に好きな人ができたらしい。その人にもどうしようもなかったんだろうね。でも、恋人の心が自分から離れていくのを感じていたママはとても苦しんで、悩んで、ぐちゃぐちゃだった」

「うわぁ……それは、辛いと思う。で、どうしたの？」

「相手をぶっ飛ばした」

「え？」

「一週間くらい休んで、気持ちを整理して、別れることを決めて、それでも収まらない気持ちの分、って言って、手持ちの本の中で一番分厚かった心理学の教科書を相手にフルスイングで、こう」

パパが野球の素振りのように、手に持ったエア本をエア相手に叩きつける。なんだろ、この既視感。

「で？」

「で、相手はごめん、って言って、それからはなるべく大学の中で会わないように気をつけてた。学部が違ったのは幸いだったね」

「で、パパは？」

「ぼくは……」

パパがもじもじする。これはなかなかレアな光景。

「ぼくは、たまたま学食にいたんだ。で、ママがフルスイングしたところを見ちゃった」

「ママ、学食で相手をぶっ飛ばしたの？　みんなの前で？」

「すごいだろ？　で、なんだこの人は、ってびっくりして、そこから気になるようになって。ぼくが気にしていたら、ママも自分を気にしている人はどんな人だろう、って気になって。で、菌種も同じだったから、お付き合いをすることになった」

「運命じゃん」

「運命、なのかなぁ」

「じゃあさ、もしマイコパシーがなかったら、ママとパパは付き合ってなかったと思う？」

「意地悪なこと聞くね。付き合っている、と思いたいけれど、わからないね。ママとその彼は別れるだろうけど、ぼくとの出会いはどうかなぁ」

「怖い怖い、危うくわたし生まれてこないところだったじゃん。マイコパシーさまありがとうございます、だね」

茶化してみたけど、パパは真面目な口調で言った。

「大丈夫だよ、音緒もいつか特別な相手と出会える」

ちょっと意地悪したくなった。

「もう出会ってるかも」

パパは絶句して、目をそらして、頭の後ろの襞の所を掻いて、もじもじして、それから何とか言葉を絞り出そうと口を開け閉めした。ちょっとやりすぎたかも。

「冗談だよ。それにもしそんな相手がいても、心配するようなことにはならないから」

「そうか」

もう一度、呻くようにそうか、と言うと、パパはそそくさと部屋を出て行った。

コッコとのこと、いつか言えるかな。パパもママもコッコのこと気に入っているから、喜んでくれると良いな。


もうすぐ。

もうすぐ。

繋がる。

9

わたしたちの植菌ができるようになったのは、それから五ヶ月後のことだった。なかなかコッコの生理が始まらなかったのだ。

植菌は第二次性徴が来るまでできない。脳根菌の定着に黄体形成ホルモンが関係しているらしい。どうしても植菌したくない人たちは、忌避剤を投与して自然感染を防いだりしている。そっちの方が体に悪そうだけど。

コッコの準備が整うのを待っている間に、クラスメイトたちはどんどん植菌を終えていた。鎖骨の植菌印を見せびらかしあったり、これ見よがしにうっとりと虚ろな目をする子が多くなった。

両親には心細いから友達と一緒に行きたい、あんまり時間がかかるようなら一人でも行くから、と説明しておいた。保健の先生にも相談し、貰えた猶予は半年。ぎりぎり間に合った、と二人で胸を撫で下ろした。

でも待ちかねていたコッコの生理はわたしより重かった。いつものファストフード店に這うようにして現れたコッコはゾンビみたいな顔で「まじ舐めてた」と呻いている。わたしは「こんなこともあろうかと」と先輩ぶって、充電式の湯たんぽをプレゼントした。

「あああああ、あったかいいいいい」

さっそく電源を入れた湯たんぽをお腹に抱え込んでコッコが唸る。並んで座っていたわたしたちの膝に上着を掛け、コッコのお腹まで覆ってあげる。コッコがわたしの肩に頭をこてんと乗せてきた。

「大丈夫？　行ける？」

「行く。今週末」

「本当に平気？　もう少しあとでも良いよ」

「ここまで待ったんだよ。今週末！　それに、それまでには終わるでしょ」

「ようやくかぁ」

「ようやくだね」

コッコがクマの浮いた目で笑う。くっついて座ったコッコから湯たんぽの温かさがじわじわ伝わってくる。上着の下で、コッコの手を取った。細い指が力を込めて握り返してくる。絡めた指と指から白い糸が伸びていくのが見える気がした。この先ずっとずっと、健やかなるときも、病めるときも、喜びのときも、悲しみのときも、富めるときも、貧しいときも、二人を繋いで、包んで、一つにする糸が。

「わたし、コッコがいればいいや」

「音緒、時々過激だよね」

「コッコは？　わたし以外の人、いる？」

「家族と、ミッチャムはいて欲しいな」

「そういうんじゃなくて」

「わかってるよ。でも、正直に言うと、子供は欲しいかも」

「え、そうなの？」

どうやって？　とか、誰と？　とか、言うべきでない言葉が頭の中を流れていく。それと、わたしだけじゃ駄目なの？　というガリッと引っかかれるような痛み。

「なんかさ、自分として生まれた以上、そこは押さえておきたい気がする。生理も無駄になっちゃうし」

「生理、わたしはなくてもいいのにな」

不意にユウヤの顔が近づいてきた時のことを思い出し、飲み物を取るふりをして手を離した。繋いでいた部分に熱が籠もって汗ばんでいて、それを結露したカップに押しつける。

コッコと手を繋ぐ時、コッコとキスをする時、いつもこのままひとりの人間になれたらいいのに、と思う。肌が触れているのが気持ちよくて、溶け合って、くっついて、ずっとうとうとと微睡《まどろ》むような幸せの中に浮かんでいたい。

コッコはそうではないの？

生理も、出産もいらない。誰もいらない。ここに、わたしとコッコの中に入ってきて欲しくない。

「音緒、どうした？　大丈夫？」

「う、うん。なんかまだ体の調子、良くないみたい。今日は帰る」

「送っていく？」

「大丈夫、平気。コッコの方が体キツいでしょ？」

トレイの上に食べかけのポテトやペーパーナプキンを載せ、コッコの心配そうな目を遮るように持ち上げる。

「ごめんね。家帰って休んでる。だって今週末までに体調整えなきゃ。コッコも帰ろ」

何でもない顔で笑ってみせる。コッコに触らなくてもいいように、両手でしっかりトレイを握る。

白い糸を伸ばす。この糸をあなたの中に入れたい。

あなたの糸が伸びてくる。この糸をわたしの中に入れたい。入れたい。入れたくない。しっとり冷たい柔らかい糸がわたしを探している。伸びてくる。隙間を見つけて、差し込んで、ゆるめ、こじ開けてくる。やめてやめて開けないで入らないでわたしの中に。白い糸がわたしを埋める産める。満足感に震えながらわたしの内側いっぱいに満ちて充ちて満ちて充ちて満ちて充ちて満ちて充ちて

10

事前の健康診断の結果や希望する植菌種を記載した書類を纏《まと》めたファイルを握りしめ、わたしたちは特別知覚拡張接種センターの待合室にいた。

やたら明るい照明も、壁に掛けられた抽象画も、高級そうに見せた造花も、綺麗な自然を延々流すモニターの画面も、今日はなんだか気に障る。ＰＵ合皮の椅子は腿がくっつい

ているところがじっとり湿っていた。ロングスカートかパンツを履いてくれれば良かった。

わたしが緊張しているからか、コッコも言葉少なだった。

植菌自体はすぐに終わる。頭部を固定し、部分麻酔をかけるのも、頭蓋骨に小さな穴を開けて、プローブで胞子を満たした榾木《ほたぎ》と呼ばれるカプセルを差し込むのも、機械が寸分の狂いもなく行ってくれる。極めて安全で、低侵襲な手術だ。さらに全ての過程には技師が立ち会い、顕微鏡下で見守っている。

それでもわたしの手は冷たくて、呼吸が浅くなる。

「音緒」

囁くようにコッコが呼ぶ。待合室には他に数名いるだけだったけれど、気軽なお喋りができる空気ではなかった。

「愛してる」

息を飲む。好きだよ、とか、音緒可愛い、とか、何百回も何千回も言ってくれたけど、その一言は初めてだった。

「なんだよ、今、そんなこと言う？」

「ヤバい、なんかのフラグ立てた？」

にやっと笑う顔に鼻の奥がきゅうっとなった。

「あたし、音緒のことたくさん不安にさせたよね。音緒が欲しい答えを返せなかったり、気持ちわかってなかったりしたと思う。ごめん」

「ううん、わたしこそ。なんか、神経質になっててごめん」

コッコがわたしの肩にもたれかかる。

「あのね、音緒が大好きだよ。会えて良かった。人生でこんなに早く、こんなに好きな人に会えるなんて奇跡みたいだって、いつも思ってる。だから、二人でルリハツタケ植えられるの嬉しいんだ」

「うん、わたしも」

「これからは音緒が辛い時や痛い時、もっと支えてあげられる。嬉しいことは二倍だし、悲しいことは半分だよ」

「うん」

「病める時も、健やかなる時も」

「『死がふたりを分かつまで』」

囁きが重なる。お互いの頭をもたせかけたまま、静かに呼吸を繰り返す。

『上野さん、五番のお部屋へ。徳江さん、八番のお部屋へ』

アナウンスに目を見交わし、立ち上がる。

施術室には、ピンクの白衣を着た女性が待っていた。ファイルを渡し、最後の確認をされる。

「血液検査の結果、ＬＨの数値もじゅうぶん。問題なく処置できますよ。希望する植菌は、ルリハツタケね。いいきのこを選んだね」

マスクで隠れていて表情は読みにくいけれど、安心できる穏やかな声だった。ちらりと鎖骨を見ると、西洋松露、トリュフの植菌印だった。

「あの、ルリハツタケって選ぶ人いますか？」

「珍しいかなぁ。ゼロではないけれど、あんまりいない」

「あの、同じ菌だと、マイコパシーが強くなるって本当ですか？」

「あ〜うん、そう言われてるね」

「言われてるだけ？」

「これは個人的な意見だけど、なくはないと思うよ。実際、菌種によって電気スパイクの活発度は違うし。同属、同じきのこの方が情報のやり取りがしやすいかもしれない。お友達と同じきのこにするの？」

「あ、はい。約束してて」

「聞くまでもないけれど、一生のことだからよく考えてね」

当たり前だ。わたしは一生コッコといたい。愛していると言ってくれたコッコといたい。

でも、開いた口から言葉は出てこなかった。

(でも、ママとその恋人は上手くいかなくなってしまった)

じわじわと目の端が暗くなる。

(正直に言うと、子供は欲しいかも)

(その人に、他に好きな人ができたらしい。その人にもどうしようもなかったんだろうね)

(恋人の心が自分から離れていくのを感じていたママはとても苦しんで、悩んで)

視界に白い糸が滲んで伸びる。目の前にいる看護師さんは気がつくと菌糸の塊だった。菌糸に覆われた顔で、菌糸に満たされた眼窩《がんか》でわたしを見ている。口を開くと煙のように胞子が飛びだした。飛び散った胞子が白衣や机やファイルに着地する。白い微粒子が表面を覆い、物の輪郭を浮かび上がらせる。それ以外は何もなかった。胞子の付着できる表面と、菌糸のはびこる内部と。目を向けると、壁に付着した胞子を透かして、人の形をした菌糸体と、胞子で覆われただけの人の輪郭が見える。どこまでも見える。足下に目を向ければわたしは宙に浮いていた。ビルの構造の向こうに見える地面は、菌糸で埋め尽くされている。植生の密度が見える。風の動きが見える。空気の温度が見える。

わたしの目の前を飛ぶ胞子がちかりと光った。その隣も。その隣も。少し離れたところで。ちかりちかり、と光が伝播していく。あっという間に視界は発光する数兆の胞子で溢れる。光の濃淡が見える。濃淡はリズムになり、パターンになり、呼吸になり、会話になる。胞子のさざめきが圧倒的な濃度と密度で迫ってくる。その光の全ては繋がることの喜びを、充ちていく幸せを歌い上げていた。

だけどわたしはそこにいなかった。わたしを覆った胞子は、風の流れで引き剥がされ、去って行く。わたしの中に菌糸はない。わたしは黒点だ。菌糸と胞子に埋め尽くされたネットワークにあいた穴だ。喜びの中に、居場所はなかった。ぐるりを見回せば、少し離れたところでコッコもまた、黒い穴になって見えた。

胞子が瞬きながら流れていく。空虚な自分と比べて、目の前の人の形をした菌糸のなんと充溢《じゅういつ》していること。わたしももうすぐ繋がる。コッコと胞子を交わし、言葉以上の『愛している』を伝えることが出来る。

コッコを愛している。

(でも、ママとその恋人は)

コッコを一生愛していく。

(正直に言うと)

でもコッコは？　コッコの心が変わってしまったら？

(自分から離れていくのを)

胞子で繋がって、もっともっとお互いよく知り合って、底の底まで見えて、それで、それで……

「上野さん？」

ぱちんと視界が切り替わる。

「どうする？　変更ない？」

約束のきのこはルリハツタケ。まるでわたしたちのスカートの中のような、秘められた瑠璃の色。

待合室でぼんやりと掌を眺めていた。気を抜くと盆の窪に貼られた小さなバンドエイドを触りそうになる。だから代わりに鎖骨の植菌印を撫でた。湿った皮膚と滑らかな骨、肉で埋まった体。菌糸も胞子ももう見えない。

「音緒！」

八番の部屋から出てきたコッコが、わたしを見つけて顔を明るくする。

その鎖骨をじっと見る。

それから、自分の鎖骨から手を離す。にっこり、大きく笑って。コッコにも見えるように。

祖母の揺籠

この文書を「わたしは祖母である。名前はまだない」そんな言葉で始めようかと思ったが、それは不正確だ。

名前は昔あったけれど、もうない。今後もつけられることはないと思う。

だから、こうしよう。わたしは名前のない祖母である。

わたしは太平洋に浮かんでいる。ここは温暖で、居心地が良い。

わたしはひっくり返したクラゲに似ている。海に沈めた直径五十メートルほどの半球、海面に接する部分も漏れなく薄膜で覆われている。触手は全て内側にある。外側には作業用の口腕と、移動のための繊毛がある。半球の中は育房だ。三十万人の子供たちがいる。三世代目、ミョウと名付けられた子供たちは、間もなくわたしから巣立ち、海底へと向かうだろう。

いま子供たちは内と外を隔てる浸透膜付近に集い、押し合いながら海の底を眺めている。無髪の頭を寄せ、全身を覆う擬鰭の虹色素胞を興奮に瞬かせて。

「来た！」

ミヨウが言った。ミヨウたちはますます押し合い、まだ育ちきらない大きな目を懸命に凝らす。

「見えた見えた、いま光ったよ」

「どこ？　あれ？」

遠くからニキが呼びかける音波が聞こえてきた。

「おーい、いるかぁ」

ミヨウたちは顔を見合わせ、きゃーっとさんざめいて何度も宙返りをする。わたしの問い合わせに、ニキたちがビーコンを送り返してきた。それを確認して、わたしは近くに括約筋ゲートを開け、迎え入れる。

第一世代のイチカと、第二世代のニキからなる、百人弱の小さなグループだ。

「おかえり、ニキ、イチカ」

「ただいま！　みんな、元気だった？」

「ニキ、おっきくなった！　イチカも、それ新しい擬鰭？　かっこいい！」

十六年前に巣立ったイチカ、八年前のニキ、それぞれ形態が違う。世代ごとに少しずつバージョンアップしている。ミヨウが、自分のまだ新しい柔らかい擬鰭と、イチカたちの硬くなって傷がついた擬鰭とを興味深そうに見比べていた。

擬鰭は、海の子供たちの最も大きな特徴だ。全身を覆う薄い生体膜で、水中から酸素を取り出して血液に還元したり、寒さや水圧から身を守る。表面に並んだ色素胞や虹色素胞が色を変えたり光を反射することによって、声による会話の代わりもする。

翼のように、羽衣のように展開した擬鰭で泳ぎ回る様は、とても優美だ。

「よく来たねぇ。しばらくゆっくりしていられるんだろ？　お前たちの見てきたもんを、おばあちゃんにも教えておくれ」

プロトコルに従って、祖母として子供たちに接する。祖母語とでも言うべき、独特の喋り方をするよう決まっている。

「そうのんびりはできないんだ。調査の途中の寄り道だから。ニキがさぁ、どうしてもおばあちゃんに会いたいって」

「それは、ほら、たまたま乗りたかった海流がここの近くを流れてたからだよ！」

照れて焦るニキをからかおうとした時、

「その調査は、ここ最近の……おっと、噂をすれば来たね。お前たち、気をつけて」

海の底の方に変化が現れた。大きな大きな音の波が立ち上ってくる。口腕をいっぱいに伸ばし、揺れに備えた。

「摑まって」

平時は栄養補給や休息のための体勢保持に使っている触手を、ミヨウたちに向かって伸ばす。念のために浸透膜も硬化させた。そこに音の波がぶつかり、大きくゆっくりとわたしたちを揺らした後、海面に当たって散逸していく。

揺れが収まると、ミョウたちは触手を離した。でもまだ不安なのか、擬鰭を絡み合わせ小さく固まっている。

イチカたちはさすがに落ち着いていた。

「この火山活動がどのくらい大きくて、いつまで続きそうか調べないと。もししばらく収まらないようなら、おばあちゃんにもここを離れてもらうことになるかもしれない」

「お待ち、まだ何か来るよ」

何か大きなものが海底から上がってくるのを、センサーが捉えていた。ゆっくりと海水を押し上げて浮上し、わたしをかすめるようにして、海面へ向かっていく、やや細長い、直径六メートルほどの卵のようなシルエット。明らかに人工物だ。

「なに、これ?」

イチカもニキも驚いている。

驚きに思わず丸めてしまっていた触手を意識して伸ばした。

「こりゃ、びっくりだ……あぁ、ええと」

しばらく黙って言葉を探す。これを何と言えば良いんだろう。これは何に見えるだろう。

「これは、潜水艇だね」

「潜水艇？　中に誰か乗っているの？」

「いいや、とても古いものに見えるよ。誰もいないんじゃないかね。壊れて廃棄されたのか、事故で浮上できなくなったのか……イチカ、ニキ、もっと近くに持ってきておくれ。調べてみよう」

わたしの指示で、イチカたちが潜水艇を取り囲んで持ってくる。近くまで来たところで口腕で摑み、括約筋ゲートを開けて中に押し込んだ。

間近で見るそれは、年を取った鯨のようにボロボロで、傷やフジツボにびっしりと覆われていた。丸い船体の一部が大きく歪んでいる。中がどうなっているかは、わたしではわからない。きちんと調べるためにはここではなく、海底にあるラボに送らないといけないだろう。

「ずいぶん昔のものだよ。識別番号は……ひどく削れてて、読めないね。でも、ここをごらん。このマークは桜の花みたいに見える」

「じゃあ、ニッポンの？」

「どうしよう、大事なものかな？」

イチカとニキは、海底火山の探査を切り上げて、これを海の底に持って行くべきか話し合っている。地上のものはなるべく海底の図書館に収めるのが決まりだけど、そのほとんどはデータだ。もう使わなくなった潜水艇は、とっておくべきなのかどうか。

「とりあえず、今日はここでお休み。来たばかりなのに、そんなにすぐ戻るんじゃ大変だろう。海の底にはおばあちゃんから連絡しておくからね」

暗い色に染まっていたイチカたちの色素胞が、わたしの言葉を聞いてふわっとゆるんだ。ミヨウたちもわっとイチカたちを取り囲んではしゃぎ始める。

さっきの海底地震のせいか、海の中ではたくさんの生き物たちが動いていた。浸透膜の周りに小さな海の生き物が集まっている。ウミウシみたいな形の、赤いひれを持った小魚たち。そのまわりではクラゲがふわふわ漂っていて、まるで潜水艇を見に来たみたいだった。

わたしはそっと触手でそれを撫でた。

わたしは嘘をついた。これは、潜水艇ではない。

これは、初期の祖母だ。セレブラルという、大きなコントローラーのようなもの。いまのわたしよりだいぶ無骨だから、子供たちが潜水艇だと信じたのも無理はない。中にはおそらく、まだ人がいる。もちろん生きてはいないだろうが。子供たちにそれを知らせたくなかった。子供たちはまだ死を知らない。第一世代も第二世代もまだ若い。時折事故で失われる子供はいるが、同じ名前で呼ばれる子供たちは個と多の区別をつけられない。いなくなった子供は、抜けた髪や歯のようなものなのかもしれない。死を知らないこと、自分を知らないことは、子供たちを守る無邪気さという、もう一つの擬鰭のように思える。それを損ねたくなかった。

わたしもまた、これと似た、でもだいぶスマートなセレブラルの中にいる。紡錘型の卵がクラゲの胃腔にあたる部分にあり、その中にわたしが入っている。

久しぶりに自分の体のことを思い出した。口腕ではなく二本の腕。繊毛ではなく二本の足。センサーではなく目や耳。セレブラルの中にはごく普通の人間の肉体がある。考えてみれば、人として地上を歩いていた時間と、海の中ですごした時間はほぼ同じくらいになっていた。二十四年という時間を透かして見る地上での生活は、明け方に見た夢のように、不確かで遠い。

かつてわたしも地上に生きる、人だった。


祖母の適性検査に受かってしまった。

思いもかけない結果に呆然とスマホの画面を見ていると、急にアラートが鳴って取り落としそうになった。

あぁ、今日は配給の日だ。一瞬、行くのを止めようかと思ったけれど、もう石けんがない。蓄電池も、この間の停電で減っているから充電し直したい。億劫《おっくう》だけど、外に出ることにした。

ドアを開けると、ぶわっと熱気が吹き付けてくる。わたしがいまいるのは、東京の西の方、山に近い集落だ。東京から逃げ出して、少しでも高いところ、涼しいところを探してここに落ち着いた。

勝手に住み着いた空き家は、元はファミリー用だったらしい４ＬＤＫ。放置されて数年はたっているようであちこちガタが来ているが、何よりも地下室があるのがありがたかった。収納用なので六畳程度の広さだけど、断熱性が高く、年間を通して室温があまり変わらない。日中は地下室で寝て過ごし、涼しくなるとごそごそ這い出る。虫かゾンビみたい。今のところ独り占めできているけれど、もし移住者が増えたらこの家も誰かとシェアをして住むことになるかもしれない。

東京も、大阪も名古屋ももうない。海がこの国を削って、住めるところはずいぶん減ってしまった。交通網も寸断され、わたしたちは残された場所にしがみつくようにして生きている。この集落はまだ治安が良く、独自の自治システムを立ち上げて凌いでいる。

配給は少しでも涼しい早朝か夕方に行われる。夜は多少過ごしやすいが、灯りに使う燃料を節約するため、いつも明け方か夕暮れだ。今日の配給は十六時から。

それでもまだ暑い。日が落ちかけているとはいえ、空気はねっとりと重苦しい。でも、昨日までとは何かが違った。少しだけ敵意が薄まった気がする。そうか、ようやく夏が終わるのか。この夏は、四十度を超す日と猛烈な雨が続いて、生きているだけで疲弊するくらいキツかった。毎夏、誰かが熱中症で死ぬ。日中は家の中でじっと耐えて、夜になるとそろそろと人が出てくる。それでも、熱暑に焙《あぶ》られた外気はなかなか冷えなくて、どこにも逃げ場はなかった。

重たい蓄電池を抱えて歩くと、やっぱり汗が噴き出る。でも、明日はもう少し涼しくなるだろう、そう考えると多少気分が明るくなった。その直後に祖母検査のことを思い出し、足が止まりそうになる。

公民館だった建物に設《しつら》えられた配給所には二十人ほど並んでいた。今日は日用品なので、みんなのんびりしている。たまにある生鮮食品の時は、少しでも新鮮なもの、美味しそうなものを取ろうと殺気立つけれど、その配給もだんだん減ってきている。

蓄電池を配給所の大きな発電機に繋ぎ、充電を待つ間に石けんを受け取ろうと見回したら、人だかりの中に、あの人がいた。時々会う、少しだけ気になっている人。顎の線が硬質できれいで、好ましかった。

最初に会ったのは移住後の説明会。わたしの少し前にこの村に来たらしく、何となくこの決まりや、どこに何があるかを教えてもらい、話すようになった。

「不謹慎かもしれないけどさ、ここにいるとずっと夏休みみたいだよね」

「ほんと、林間学校っぽいよね。宿題もないし、そう考えると良い生活かも。暑すぎるのはキツいけどね」

水タンクの穴を塞ぎながら、笑いあった。

前は千葉にいた、と言っていた。でも千葉はほぼ海に飲み込まれてしまったので、西へ逃げてきた、と。あなたは何をしていたの？　と聞かれるかと身構えていたのに、話題はあっさり、山に生えている苔《こけ》みたいなきのこみたいなやつは食べられるのかな、なんていう能天気な話に移っていった。

いつも何となく会って、少しお喋りして、じゃあねと言ってそれぞれの家に帰る。黙ったまま、ぼんやりしているだけのこともあった。

その日も配給所からの帰り道、それぞれが選んだ桜の匂いと薔薇の匂いの石けんを見せあって他愛のない話をしていた。

「桜の匂いってどっちかって言うと桜餅とか桜湯の匂いじゃない？」

「葉っぱだよね。桜の花って匂いあったっけ？」

「なかった気がする。まぁ、もう確かめることもできないけど」

二〇四〇年頃から、あちこちのソメイヨシノが春になっても花を咲かせなくなった。花が咲く季節が来て、蕾《つぼみ》はついていても満開にならず散ってしまう。その全てが人為的な同一クローンのソメイヨシノは環境の変化に弱く、寿命も短い。新しい病気が出てきて、あっという間に伝播し、手の施しようがなかった。

「でもさぁ、もしかしたらどっかに残ってるかもよ？　ギアナ高地とか、ガラパゴスとかみたいに」

「いいね。桜の桃源郷だね」

検査結果のことを、どうして伝える気になったのかは自分でもわからない。高地か穴の中か、どこか人の知らない場所で毎年桜が咲いている。けぶるような薄紅の花で満たされている。そんな光景がふと目の前に見えて、気がついたら話し出していた。

「そういえば、わたしさ。祖母検査、受かっちゃった」

本当は、受けるつもりはなかった。適合率は小数点以下だって聞いたし、海の中で残りの人生全部を過ごすのも想像できなかった。

だけど、この生活もいつまで続けられるかわからない。ずるずる悪化していく地上の状況が不安になり、試しに、何となく、どうせ駄目だし、と言い訳しながら受けたつもりだったのに。受かってしまった。小数点の下に潜り込めてしまった。祖母になれる、とわかった瞬間、浅ましいような意地汚いような、生きることへの執着が出てきてびっくりして、そんな自分に動揺して、どう結果を受け止めたらいいかわからなかった。

だから、世間話みたいに、気楽に冗談めかして、自分でも真剣に受け取っていないよ、という顔をしながら言ってみた。

「そうかぁ、海に行っちゃうのかぁ」

人の言葉や表情を読むのが苦手なので、その「っちゃう」という言い方の裏にあるのが、残念さなのか、嘲《あざけ》りなのかよくわからない。曖昧に笑って、まだ決めたわけじゃないし、というようなことをもごもごと呟いた。

「いつ？」

「まだわからない。さっき知らせ見たばっかりで、返事もしてないし」

どうしたら良いと思う？　行くべきかな、それとも。それとも。口の中で吐き出すことも飲み込むこともできない言葉がベタベタする。

「そっか。じゃあ、海は任せた。陸は引き受けるね」

すとんと、屈託なくそう言われて、びっくりした。わたしの好きなきれいな顎のラインに、夕日の最後の光が差していた。

その光に、笑顔に、未練たらしい言葉と心が溶けていく。初めて、海に行けるかも、と思った。

「うん、海は任された。陸は頼んだよ」

スッと言えた自分にも感心した。

じゃあね、と言って別れた。きっとこれが最後。

わたしが海に行っても、この人が覚えていてくれる。こんな何度か話しただけの相手、きっと記憶の下の方に沈んでしまうだろう。でも、何かで海の話を聞いたら、わたしのことを思い出してくれるかもしれない。

陸に、わたしのことを覚えてくれている人がいる。

だったらいいか、と思えた。

帰ったら、返事をしよう。

祖母になる、と。


わたしが生まれた頃には、北極海の氷はもうなかったし、虎も絶滅していた。火力発電が止まって、原子力発電は反対の声もあって思うように進まなかったから、電力はいつでも不足していた。加えて大型台風がしょっちゅう電線を引きちぎったり、土砂崩れを起こすので、停電は当たり前だった。

夏、停電すると、家族みんなで公民館に行く。そこだけは予備電源があって、ぬるいけれど扇風機の風に当たることができる。友達とはしゃぎながら簡易ベッドで寝るのは楽しかった。

父と母がいつも難しい顔をして、気候変動や難民や食糧難の話をしているのをよく聞いていた。食べるものがだんだん美味しくなくなっていって、おやつや漫画といった楽しいものが減っていって、日常生活が少しずつ窮屈になっていくことにも気づいていた。でも、どこかで何とかなるんだと思っていた。大人たちがきっと何か考えているんだろう、と。

ならなかった。ずるずると決断をしないまま先に進んで、気づいたときには人間はもう最後の一線を越えてしまっていた。このままだと、たぶん、人類は滅ぶ。

わたしが小学生の時に、海の子供たち計画が始まった。

学校の先生は、海の中に図書館を作る、と説明してくれた。その図書館に、いまいる生き物の情報や、人間の作った文化や技術といった大切なものを全部収めておく。海底の環境は陸に比べると安定しているし、エネルギーも地熱や海流から作ることができるそうだ。

——でも、図書館には世話をする人がいないといけない。だから、海の底でも生きられるように、特別な人を作る。

クラスメイトたちが「魚人間じゃん」とざわざわしていた。鱗に覆われた、ぎょろっとした目の魚人間を想像してしまって、気持ち悪くなった。

面白がった生徒たちが次々に質問をしていく。先生は困った顔だ。先生自身もよくわからなかったんだと思う。

——先生、魚人間は何食べるの?

——プランクトンとか、小さな生き物だよ。でも海そのものからもエネルギーを得られるそうだ。

——なんで海の中で生きていられるの?

——擬鰭と呼ばれる、特別な膜があるんだ。

と、先生は両手で大まかに全身を撫でるような仕草をした。

——薄い薄い膜だ。特別なフィルムやゴムみたいな。それで全身を覆っているから、海の中でも呼吸したり、寒さや水圧から身を守ることができる。擬鰭を広げて泳ぐこともできる。ベタや金魚の立派な尻尾があるだろう？　あんな感じだね。

——なんだ、それ、かっけー。それ、欲しい！　それあったら超どこでも余裕じゃん。

——擬鰭は、いまいるみんなには適合……うまく合わないんだ。海の子供たちは生まれたときから擬鰭が使えるように、特別な体になっているんだよ。

——喋る？

——言葉は使わない。代わりに擬鰭に色素胞という、色が変わる組織があってね、それを変化させて話をする。あと、遠くにいる仲間とは、音波を使って話をする。

——音波？

——超音波だね。海の中だと空気の中よりずっと速く、遠くまで伝わるんだ。

——魚って卵産むんでしょ？　魚人間も？

先生が躊躇《ためら》った。それから、ゆっくり言葉を選びながら話していく。

——君たち、女の子の体の中には、たくさん卵がある。そうだよ、卵だ。鳥や魚の卵とはちょっと違うけど、君たちも卵から生まれる。で、女の子の中には、生まれたときから卵の元がいっぱい入っている。幾つくらいかわかる？

——百個！

——もっとだよ。

——一万個！

――ずいぶん増えたけど、正解は二百万個だ。

生徒たちはびっくりして黙った。女の子たちは、二百万個も卵が入っていると言われた自分のお腹を、信じられないという目で見ている。

――生まれたときは二百万個。それからどんどん減っていって、なくなったり、残っている卵の状態が悪くなったら、子供を産むのはお終《しま》い。毎回使うのは、一個だ。時々、一個の卵から二人生まれたり、卵を何個か一緒に使ったりすることもある。

この卵が減らないうちに、いっぺんに取り出して、いっぺんに……孵《かえ》す。良い卵を選んで、人工保育器を使う。だから一回で三十万人の子供たちが生まれるんだ。

――先生、卵を全部取られたら……死んじゃうの？

――いやいや、死ぬことはない。君たちのおばあちゃんだって、もう卵はないけれど、元気だろう？

――うちのばあちゃん、超元気。百度になったって生き延びてやる、って言ってる。

――じゃあ、卵が全部なくなったら、おばあちゃんになるの？

――そうだね。そして、子供たちを海の中で育てる。

――三十万人、全員？

――全員。大きな幼稚園みたいなものを作って、その中で子供たちが危なくないように見守る。

——全部名前、覚えられるん？

——海の子供たちに名前はないんだよ。世代としての名前はあるけれど、一人ひとりに名前はつけられない。

——それにしたってさぁ。三十万人もいる幼稚園って、無理だよね。うちなんか弟ひとりでも大変って、母さん言ってる。

——うん、だから外から悪いものが入ってこないように、中から子供たちが出ていかないように、幼稚園を膜みたいなもので覆う。おばあちゃんは、機械の中に入って、その中から、子供たちにご飯をあげたり、病気にならないように守ったりする。

——機械？　ロボットになるの？

——ロボットというよりは、何だろうねぇ……入れ物、かな。大きな卵みたいな入れ物の中に入る。その中から色々なものをコントロールするから、コクピットとか操縦席、と言った方がわかりやすいかな。セレブラル、という名前がついている。脳みそ、って意味だね。

——脳みそになっちゃうの？　きもっ！　魚人間も、脳みそ人間も、それってもう人間じゃないじゃん。

後で先生は、子供に話しすぎだとずいぶん怒られたそうだ。

大人たちは、そんなことをしてよいのか、人権だとか、尊厳だとか、生命の倫理だとかで揉めに揉めた。でもそんな声も、どんどん悪化していく環境を前に、これしかないんだ、という諦めみたいな気持ちにいつしか押し流されていった。

世界中の科学者たちが知恵を寄せ合って、技術を持ち寄って、必死で計画を進めていった。反対する人たちの妨害や、仲の悪い国同士の揉め事があって、なかなか進まず、でもその間にもわたしたちの生活はどんどん悪くなっていった。ようやく実施にこぎ着けたのは、それから十五年後、二〇八四年のことだった。

その間に、わたしはひとりになっていた。高校生の時、両親が揃って死んだのだ。その年何度目かの超大型台風が来て、家から避難施設に行こうとしていた時だった。家の屋根が崩落した。度重なる台風で、ずいぶん傷んでいたのはわかっていたけれど、直す余裕もお金もなかった。わたしは一歩先に玄関を出ていて、振り返った目の前で家がぐしゃっと潰れた。強風で歪んでいた基礎と、漏水で腐った梁《はり》が一気に崩れた。台風のせいで消防車も救急車もすぐには動けず、ようやく助け出した時にはもう両親とも息をしていなかった。

生まれたときが一番良くて、あとはもう下り坂しかない。終わっていく世界に、子供を残す人もほとんどいない。だからわたしもこのまま、誰とも絆を結ばず、子供を持つこともなく、一人で、いつか死ぬんだろうと思っていた。なのに、三十万人の孫を抱えることになってしまった。

波がわたしを洗う。逆さにしたクラゲのような、陸のわたしとは似ても似つかない形。わたしが海に入ってから、ミヨウたちで三世代目。あれから二十年以上。地上はいま、どうなっているのだろう。時折聞こえてくる地上の様子はだいぶ悪い。五十度にもなろうという酷暑の中、台風や猛烈な雨に晒《さら》され、確実に人間の数は減っている。あの人はまだ生きているだろうか。

昔のことをぼんやり考えていると、センサーに何かが反応した。小さな影がするりと脊髄ポートを離れていく。ミヨウだ。躊躇うようにゆっくりと泳いで、古いセレブラルに近づいていく。何をしているんだろう。

ミヨウはゆっくりと一周した後、寄り添うように近づいた。擬鰭でそっと撫でるように触っている。

「ミヨウ、どうした?」

声をかけると、ミヨウはさっと振り返った。

「休まないのかい?」

擬鰭をそわそわと巻いたり伸ばしたりして落ち着かない様子だ。

「あ……の、これ、見てみたくて」

「今でなくてもいいだろう。さぁ、みんなと一緒にお休み」

「うん……」

返事はするけれど、まだ何かあるようだ。その場から動こうとはしない。

「ねえ、おばあちゃん」

ミヨウの擬鰭から小さな音波が出て、セレブラルの丸いお腹をそっと撫でていく。

「これってさ、お母さんみたい？」

「お母さん？」

思いがけない言葉に困惑する。

「だって、お母さんも、きっとミヨウやおばあちゃんみたいに丸いんでしょう？　ミヨウより大きくて、おばあちゃんより小さい。お母さんって、こんな感じなのかな、って思って」

「あぁ……なるほど」

ミヨウはこの浸透膜全体をわたしだと思っている。浸透膜の胎の中で育ち、大きくなるまでその中から出ることはない。古いセレブラルはこの子が初めて見た、魚や海の生き物以外の、外の世界のものだ。

見たことのない、触れたことのない存在でも、それでも母が気になるのか。

ミヨウの母となったのは、一世代前のニキの誰かだ。毎世代、三十万人の中から一人が選ばれ、持っている全ての卵子を取り出される。卵子はオートミクシス、二倍体単為生殖を経て、次の世代の子供たちとなる。だから子供たちに生物学上の「母」はいるが、字義通りの「母」はいない。

わたしが祖母であって、祖母でないように。

「お母さんは、もう少し柔らかいんじゃないかね。こんな硬くてでこぼこざらざらしたお母さんはいやだろ?」

ミヨウの虹色素胞がきらめいて笑う。

「さあ、もうお休み。明日またみんなでどうするか話そうね」

「はーい。おやすみ、おばあちゃん」

ミヨウは名残惜しそうにセレブラルを音波で撫でた。丸いセレブラルを音の波と水の波が包んで消える。鱗のように堆積物に覆われた肌からちらりと桜の模様が見えた。

桜も、母も、この子たちにとっては見たことのない言葉だけのものになってしまった。それでも、この子たちは覚えている。

わたしたちが残せたものは、遺伝子情報を収めた海底の図書館だけではないのかもしれない。いつか桜が見られるかも、いつか母に会えるかも、と思うこの子たちの眼差しの先にこそ、本当の未来があるのではないか。

わたしが、わたしのことを覚えてくれているあの人の存在に自分の人生を繋ぐことができたように。

セレブラルはとても優秀で、きっとわたしはあと七十年、百二十歳くらいまでは生きられるだろう。ただこの容器の中に入って百年弱過ごしたあとに、果たして地上に帰って行けるものだろうか。

それを言ったら、本当はミョウたちだって無理だろう。無髪の頭、大きな目、脳髄と接続された擬鰭、そして八歳で成人する。あまりにも、人間とかけ離れている。だからこそ人間はミョウたちに個別の名前をつけなかった。人間をそこまで変えてしまう罪悪感から か、次代へ受け渡されるバトンとして処理をしようとした。

それでも。

それでもわたしは見たい。

この子たちが、陸の上を歩く姿を。イチカも、ニキも、ミョウも、このあとに生まれるたくさんのたくさんの海の子供たちみんなが、太陽の下で、風を感じ、草を踏む姿を。そうして、どこかに生き残っていた桜を見つけ、薄紅色の花びらの下で遊ぶ姿を。

いつしか、その夢の中にはわたしも居る。そして、あの人。もうとっくに死んでいるだろうあの人も、わたしが最後に見た、あの夕日に照らされた笑顔でいる。

「やっぱり桜に匂いなんてないね」と笑いあって、それから手を繫ぐ。思っていたけれどできなかったことを、一つ残らずするのだ。

幻の中で笑うわたしたちの上に桜の花びらが降りかかる。子供たちの擬鰭が羽衣のように翻《ひるがえ》る。

古いセレブラルの中で死んでいったかつての祖母、その祖母の祖母、連綿と続く全ての子供たちと祖母たちが、わたしとあの人が桜の下で笑っている。

この子たちがいつか、わたしたちがいつか、桜を見られることを祈っている。

あるいは脂肪でいっぱいの宇宙

「ちょっと太ったかも」

その一言が全部の始まりだった。

月一オンライン女子会、大学の同級生四人、いつものメンバー。ヨガ講師のマユ、メーカー勤務の琴美《ことみ》、主婦でフォロワー数四桁《けた》のインスタグラマーえりりん、でもって出版社勤めのわたし、上出萌《かみいでもえ》。

えりりんが旦那《だんな》さんの転勤で仙台に引っ越してから、女子会はずっとオンライン。正直、お店決めて、予約して、ちょっとしたお土産《みやげ》用意して、そこまで行って、ってするよりずっと楽。ま、たまにはリアルで会いたいけどさ。

「太ったていうか、痩《や》せない。なんかさーリモートに甘やかされた、っていうか」

「あ、意外と会社って行かなくてもいいんだな、って気づいちゃったよね」

「ね。正直なるべく行きたくなくて。隙あらばリモートにしてる」

なんてことをドリトスを箸《はし》で摘まみながら言ってる琴美、そりゃ太るわ。わたしもこれでお取り寄せしたスコーン三つ目。手で二つに割って、ほかほかの断面にクリームチーズと餡子《あんこ》をぽってり塗りまくっている。たまらん。

マユにオンラインヨガやって、とか誰も言わないのは、ヨガじゃ痩せねぇ、ってわかってるから。意識高く健康な生活送るには、みんな自分を理解しすぎている。

「化粧品とか、ここ半年買ってないなぁ。プチプラでもなんか面倒くさくてさ」

「どうせオンラインじゃ見えないし。フィルターかけときゃOKっしょ」

「ってか化粧むしろ濃くなったわ。ハイライトとシェーディングばりばりで、素で見るとキム・カーダシアンか、って思う」

「画面越しだと目元のグラデなんて頑張っても飛ぶもんね」

「え、じゃあさ」

琴美がニコッと笑う。確かに、鼻筋立ちまくってる。中華メイク動画でも見て、ノーズシャドウの入れ方勉強しようかなぁ、とか思ってたら、運命の一言を聞き逃していた。

「いいね、久しぶりに会おう。おしゃれ気合い入れる！」

「え？」

「あ、そうだ、ちょうどいい感じのアフタヌーンティーあるよ〜。甘いのもしょっぱいのもあって、無限にいけるやつ」

「え？」

「じゃあ三ヶ月後、第一日曜日でどう？」

「え？　え？」

話が摑《つか》めないでいるうちに、リアル女子会が決まっていた。

やばい。

やばいやばいやばい。

マジ無理、本当無理、どうしよう、そこらへんにダイエットの神さま落ちてない!?

だってちょっとじゃないもん、実はガチ太った。

「じゃあ三ヶ月後目指してダイエットしよっかな。いいモチベになる（自分で自分のお尻に火つけないと、絶対やんないのわかってる）」

「えりりん、太ってないじゃん（はいはい。って言って欲しいんでしょ？）」

「え〜、そんなことないよぉ、ぷよぷよだもん（はいはい。って答えときゃいいんでしょ？）」

「じゃあわたしもがんばろ。ＢＭＩ一八目指す〜（実は今二八ある。三ヶ月後に一八とか、死ねる）」

幻聴オーディオコメンタリが聞こえる。

もともと不規則な生活で、ストレスも多いし、付き合いの席もそれなりに。それでも三

◯過ぎてそこそこの体形を保っていられたのは、毎日の通勤と、忙しくて食事にあんまりかまけてなかったこともある。家で仕事するようになって、きちんと三食食べて、閉じこもりきりも良くないか、と近くのコンビニまで散歩行って、ついでにお菓子コーナー覗《のぞ》いて、つい買っちゃって、口寂しいから合間合間でおやつ食べて……

六キロ太った。

人生最高体重だった高校時代をあっさりオーバー。体重計、電池切れで放置してたのもまずかったよなー。酔っ払って自分とタンゴ踊ろうとして、全身鏡も割ったまんまだったし。慌てておやつの量減らしたけれど、とき既に遅し。家でやる体操も続かない。手間暇かけてヘルシーなメニュー自炊するのも面倒。だから順調に現状キープだ。

だけどそうも言ってられなくなった。

対女子じゃパゴダスリーブもシフォンも手首見せも揺れるピアスも使えない。だってあいつら肉質を読む。会った瞬間スカウターばりに体脂肪率も骨密度も基礎代謝も測定される。

本気出すしかない。三二歳限界女子のマジモードってやつを見せてやろうじゃん。前、半年で三キロ痩せたこともあったし。三ヶ月で六キロだったら、アレの四倍頑張ればいいんでしょ？　余裕じゃん。

大丈夫大丈夫、むしりとった衣笠？　昔嚙《か》んだミネハハ？

なんとかなるって。

「デブデブの実の呪いでは……？」

三週間後、わたしの体重は微動だにしていなかった。体脂肪率も全く動かない。体重計が壊れているのでは？　と家電量販店まで行って最新式のにこっそり乗ってみたけど、数字は無情だった。

おかしい。理論上は絶対痩せるはずなのに。

最初の一週間は気合い入れてスーパー糖質制限やった。一日糖質二〇グラム以下。肉と卵の合間にバター齧《かじ》った。さすがにカロリー摂りすぎかと不安になって、今度はアプリ入れてカロリー計算も同時にやった。緑の野菜ばっかり食べて、羊みたいな生活送った。小金ならある、とプロトレーナー雇って吐きそうになりながら筋トレしまくった。もう駄目だ、と思って海外通販でヤバい薬も取り寄せた。

なのに、全く体重計の値が変わらない。

理解できない。

なんなら担当作家がガチ炎上して、その後始末でマジ地獄見たんだけど。

上司がパワハラで飛んで、残務処理で吐くかと思ったんだけど。

クライアント同士のトラブルで、猛火の中の栗拾いに耐火装備ゼロで突撃させられたんだけど。

これだけいろいろあったら痩せるっしょ、心労ってやつで。

なのに、痩せぬ。解せぬ。媚びぬ。引かぬ（主に脂肪が）。

体重は減らないのに、モチベアップのために、と思って匿名で始めたＳＮＳのフォロワー数は増えた。

「もえたま＊ダイエットちゅ♡　今日のお昼ご飯はキャベツとお豆腐、クリチも一個食べちゃった」

みたいな可愛《かわい》い呟《つぶや》きから、

「もえたま＊でぶ・即・斬　肉ベラ欲しい。この恥ずかしボディから肉をこそぎ取って胸とかに移動させたい。今日もずくしか食ってねぇわ」

って呟きが殺伐《さつばつ》としはじめたらフォロワー増えた。

理解できない。

面白がったフォロワーさんから次々ダイエット情報が寄せられて、片っ端から試したけど、どれも駄目。水断食とかやって、一グラムも減らないって、質量保存の法則拡大適用すぎない？

痩せるって実はシンプルで、摂取カロリーを消費カロリーが上回ればいいだけなんだよね。〝七二〇〇キロカロリー消費したら、脂肪一キログラム減ります〟、これだけ。世の中にあるダイエット方法はみーーーーーーんな、この収支をなんとかしてマイナスに傾けようとしている。糖質制限だろうが筋トレだろうが食前キュウリ丸かじりだろうが貧乏揺すりだろうが妄想彼氏だろうが寄生虫だろうが、この原理原則は変わらない。

いやだから。どう考えても、痩せるはずなんですよ、わたし。

じたばたやってたら、「絶対痩せないアカ」としてプチバズりして、ぐいぐいフォロワー増えた。五桁とか……フォロワー一人と体重一グラム、交換してくれないかな。

釣りなんじゃないかって言われて、毎朝体重計乗るとこリアルタイム配信することになった。全員がわたしの体重と体脂肪を見守っている。朝一の体重報告を待たれている。ここまできたら、ストレスとかプレッシャーで痩せない？

痩せないんだな、これが。

キュウリだけのビーバーのエサみたいなランチをSNSに上げようとして、DMが来ていることに気づく。

「突然のご連絡失礼いたします。投稿についてお伺《うかが》いしたくメッセージしました」

おおお、ついに来たか、取材依頼！　テンプレメッセージにワクワクしながら返信してみた。

お昼前にやってる情報バラエティ系の番組で、わたしのダイエットを取りあげたい、と。それだけなら断ろうかな、と思ったけど、企画内容聞いて心揺れまくった。題して「今話題の絶対痩せないダイエット女子を絶対痩せさせるガチ対決！　ダイエットの神三人が本気で挑みます」。

え、神、本当にいたの？

これもう最後の手段では？　タダでプロに痩せさせてもらえるとか、断る理由がない。失うものは何もな……あ、けっこうあるな。顔出し名前出しNG、声も変えてください、バレたら恥死するから！　とかたくかたく念を押して、OKすることにした。

顔合わせのときに、ADさんがにこにこしながら、ウサギの生首みたいなものを渡してきた。固まるわたしに、ほっそ〜い可愛《かわい》いADさんは、

「お顔隠す用です。もえたまさん、ウサギ似合いそうだな、って思って」

待て待て待て、そういうことじゃなくない!?　思いのほか物理的解決策で、わたしテレビ局の技術力が心配になってますけど。可愛いっていうより、かなりリアル寄りで絵面《えづら》ホラーですけど。

ちょっとこれは、と断ろうとすると脳内星一徹が「お前にはもう失うものはない！　太ったまま死ぬか、痩せて死ぬかだ！」とわめく。どっちも死んでるじゃん。

「……わーい、ウサギだいすきー、ありがとう」

アカデミー賞って、棒読み部門あったっけ。

期限は四週間。まず一週間ずつ、三人のダイエット神がそれぞれの方法を試す。でもっ

て一番効果があった人が、最後の一週を勝ち取る。経過はテレビとオンラインで随時報告。なおかつ、ズルができないようにスマートウォッチと血糖値測るセンサーつけて、二四時間、生活を配信。さぼりなし、こっそり間食なし。

会社には事情を話した。飛んだ上司の代わりに来た新上司が、めっちゃお祭り大好きで、面白そうだったらあとで独占手記を書け、って秒でOKが出た。

ネットでは事前予想が大盛り上がりだ。くそぅ、みんな人のダイエットで遊びやがって。まぁでも、人のダイエットなんて遊びだよね。世界で一番どうでもいい話、人の太った痩せた。世界で一番切実な話、自分の太った痩せた。

一週目：カリスマトレーナーKotaroさん

あの芸能人もあの有名人ももれなく痩せさせた、ボディシェイプ界最後の駆け込み寺。ゴリゴリマッチョに甘いマスク、しかもイケボ（しかしなんでみんな名前をアルファベットにしたがるのか）。

この人につきっきりでトレーニング受けたら、ときめきで痩せるかも。

なんて最初は思ってました。ときめきとか、皆無だった。あまりに追い込まれ、筋トレ中は獣のような声で呻《うめ》くだけ、滝汗で溺死《できし》寸前、特製プロテインミックスとやらは不味《まず》すぎて一回リアルに吐いたし。そもそもウサギの生首かぶって筋トレって難易度高すぎるよね!?
無理だって言ってるのにそこから、もう一回とか爽《さわ》やかに抜かすイケボに最終的には殺意を抱くまでに。殺すか、いっそ殺して逃げるか。
結果、痩せず。筋肉痛だけが残る。

二週目：超管理栄養士小野寺さん
ふわわんとした上品なおばさま、でも実はあらゆる小学校や老人ホームから引っ張りだこの伝説の管理栄養士なんだって。この方考案の究極のダイエットミールなるものを三食食べた。正直、不味かった。テレビ的には「わあ、お腹いっぱい食べられてしかも美味しいなんて最高」みたいなこと言わないといけないけれど（小野寺さんの圧もすごかったし）、実質ハムスターペレットの味がした。子供の頃食べたからわかる。ハムスターペレットを三食食べ続ける、これも地獄の一週間だった。
結果、痩せず。わたしの目から光が消えた。

三週目：スピリチュアルトレーナー翠光さん
太っているのはわたしの中のインナーチャイルドが愛に飢えているから、それを解消しない限り痩せない。地球の波動を感じ、満たされることで全ての問題が解決する、と。

山奥に連れていかれて、ひたすら座禅を組んで自然に感謝する、とかいうのをやった。食事は三食豆みたいなものをポリポリ嚙むだけ。でもこの頃にはわたしも悟りの境地みたいなのに達していたから、ハイハイもうなんでもして、って感じ。

結果、三日目で強制終了。翠光さんがわたしに隠れて超濃厚コンソメパンチとストロングゼロを決めているのを見てしまい、逆上して摑みかかって大喧嘩《おおげんか》になって、その模様が全部配信されていたから。

二週間と三日。

死ぬ気で頑張った二週間と三日。全部無駄だった。ここまでしても一グラムも痩せず。

この頃になると、世論もだんだんオカルトに傾き始めていた。人為を超えた存在、みたいになって、今度は世界でバズった。ＳＮＳのフォロワー数六桁いった。今、わたし、Woman who never loses weight ことＷＷＷって呼ばれてる……プロレス団体か。

もう全て諦めようか、とコンビニのお菓子の棚を殺人者の目で睨《にら》んでいたとき、テレビ局のプロデューサーさんから電話が来た。この期に及んで四人目のダイエット神の紹介だったら、今手に摑んでいるメガサイズダブルクリームシュー生キャラメル入りをまずは三つ食べてから話を受けよう、とゾンビみたいな声で出た。

「あ、すみません。あの、ちょっと急な展開なんですけど」

と言ってプロデューサーさんが出したのは、世界中誰でも知っている超大きなベンチャー企業の名前だった。時価総額一〇〇兆円とかの。

「そこの研究所でですね、もえたまさんの身体状況を詳しく調べたい、と」

シュークリームを手にポカンとしながら聞いた話によると、その企業は最近、宇宙関連の事業に本腰を入れている。ロケット幾つか打ち上げるとかじゃなく、本気で宇宙で人間が生活したり、他の星に移住したりすることを目指しているそうな。で、その際に食糧とか、必須栄養素とか問題になってくるわけで、今話題になっているWWWの異常な代謝になんかヒントがあるんじゃないか、と。アメリカにある研究所まで来て、検査をさせてもらえないだろうか。もちろん渡航費用（ファーストクラス！）から滞在費（ホテルのスイート!!）は向こう持ち、仕事を休む間の手当（年収じゃん！！！！）も出す。研究の結果次第だけど、特許などが取れそうなら歩合でバック（生涯年収じゃん！！！！！！！！！！！）もする。

「い、行きます！　やります受けますOKですヨーロコンデーー二つ返事で前のめりに超イエス！」

プロデューサーさんはわたしの勢いにドン引きしながら、じゃあ数日以内に連絡行くと思うから、と言って電話を切った。五分後に日本代理店の担当者って人から電話が来て、コンビニの袋をぶら下げたまま契約書を交わしに行って、三日後には飛行機に乗っていた。前のめりだったのはわたしだけじゃなかったみたい。

ファーストクラスの食事だけはノーカウントってことにした。こんなもん生涯で食べられるの一回だけだろうから（帰りのことは考えない。エコノミーに格下げされる可能性もある）。

寝過ぎてぐにゃぐにゃになりながら降り立ったオースティン・バーグストロム国際空港、わたしを出迎えてくれたのは小柄なアメリカ人男性だった。髪の毛は今のわたしと同じくらいくしゃくしゃで、眼鏡をかけていて、きっちりボタンを閉めたチェックのシャツにジーンズに……あれ、なんかこういう人、日本でも良く見る……

「はじめまして、ジョン・スミスです。上出さんの担当をさせていただきます。なにかわからないことがあれば、ぼくを通じて聞いてください」

めちゃくちゃ流暢《りゅうちょう》な日本語で一気にまくし立てられてポカンとしていると、ジョン・スミスさんはぐっと顎を強《こわ》ばらせ、更に早口で話し出した。

「ジョン・スミスは本名です。日本語はアニメを見て覚えました。はい、そうです、ぼくはオタクで日本文化が大好きです。ニチアササイコー。夢はいつかコミケにリアルに参加することです」

つ、つまりジョンさんはめっちゃオタクなのね？　あ、でもこの死んだ目には見覚えが

ある。あれだ、小野寺さんのハムスターペレットを食べ続けたときのわたしだ。つまり、ジョン・スミスさん、

「みんなに同じこと聞かれ続けて、やけっぱちのテンプレート回答になった、と？」

「Yes」

ううう、わかる、わかるよその気持ち！　わたしもなんで痩せたいか、一〇〇回くらい聞かれて、もう自動応答できるようになったもんなぁ。カリスマトレーナーKotaroでイケメンアレルギーを発症したわたしにとっては、ジョンのオタクみが心地いい。筋肉どーん白い歯キラーン笑顔ピカーンな陽エネルギー満載な人が担当だったら、また殺意の波動に目覚めてたかも。

「わたし、英語全然だから、通訳超助かる。まぁ、気楽にいこうよ、スミスさん」

「ジョンと呼んでください。もしくは†Everlasting Radiance†と」

「え？」

もじもじ頬《ほお》を染めながらハンドルネームです、と。黒歴史まで履修してるのか、すごい。その後、「もえたまたんって呼んでもいいですか？」と聞かれたので、全力で丁重にフル拒絶した。

研究所でありとあらゆる検査をした。だいたいのことは日本でもやってたけど、その比

じゃあなかった。血液検査も、酸素マスクみたいなのつけて走るのも、ＣＴもＭＲＩも、およそ考えられる検査は全部やったと思う。

なんか研究所の人たちが数字見てやたら興奮してるし、ジョンは自分のことみたいに鼻高々だし、悪い気はしなかったけど、毎日へとへとだった。せっかくのホテルのスイートルームも、だいたい帰ってばったり倒れて寝るだけ。食事もあいかわらずビーバーのエサかハムスターペレットだし。まぁでも、ここで頑張らないと、もう一生デブデブの実の呪いにかかったままだ、と思って必死に頑張った。

で。

わたし、死んだ。

あ、正確には死にかけた。死にそう、とかじゃなくて、本気で死にかけた。

深いプールの中に沈んで酸素量や運動負荷やなんやかやを計測する、って検査のとき。その前に飲まされたバリウムみたいな薬が良くなかったのか、それともここんとこスムージーしか飲んでいなかったからか、なんかふわ〜っとしてきたなぁ、と思ったらそのまま体に力が入らなくなって沈んだ。そのときに呼吸用のケーブルが引っかかって、外れちゃったらしいんだよね。苦しいとか、そういうのはいっさいなくて、なんか眠たい、動けない、なんだコレ、と思ってたら。

辺りがぱっと明るくなって。

違う場所にいた。

白っぽいもこもこふわふわした床と天井がどこまでも続いていて、向こうが見えない。床と天井の距離もなんだか良くわかんない。あのもこもこは雲みたいに大きいのかもしれないし、ブドウくらいなのかもしれない。その距離感がわかんない広い広い場所に、わたしはあいかわらずプールの中にいるみたいに浮いていた。

ははーん、これはあれだな、死んだな、さては。ダイエット死とか末代まで笑われるやつでは？

しかし死後の世界殺風景だな、と辺りを見回していると、足下辺りの床がぐいっと膨らんで、ぷちんと千切《ちぎ》れた。両掌《てのひら》に余るかな、くらいの塊。そのままわたしの目の前まで浮いてくると、瞬《まばた》きした。

目があったのだ。黒豆みたいなちっちゃい目が二つ。それから口もあった。

「はじめまして、萌ちゃん。ぼくは脂肪のがいねn」

「脂肪死すべし！！！！！！！！」

その瞬間、わたしはその塊に飛びかかって、ぶん殴って蹴り飛ばして千切って揉《も》んでめったくたの粉みじんのぎったぎたに……

気がついたら、やつは少し離れた場所で、黒豆みたいな目に明らかに恐怖の色を湛《たた》えてこっちを見ていた。

「あれ？」

「あれ、じゃないよ‼　自己紹介しようとしている明らかに知性のある相手を急にぶち殺そうとするなんて、むしろ野獣でもやらんわ！」

「脂肪を見たら潰せ、って今までの生涯で学んできたもので」

「どこのバーサーカーエステティシャンだよ！」

確かに、そいつは電車のつり広告で見る、謎の白衣の男性が意味ありげに「これが一キログラムの脂肪です」って持っているやつに似ていた。脂肪一キロをもう少しファンシーにして、気持ち悪くなくして、黒豆つけたやつ。でも脂肪は脂肪だ。

「もう一回言うよ、ぼくは脂肪の概念。君たち人類が持っている脂肪というそんざ……だから千切らないで！　セルライトじゃないから！　細かくしても排出されない！　概念を滅ぼそうとするって神か！」

「自由という言葉をなくせば自由という概念がなくなる。同じように脂肪という概念を」

「ニュースピークやめて」

隙あらばやつを仕留めようとする両手を必死に押さえながら聞いたところでは、
①わたしは死んでいない。ただ精神的にけっこうヤバい。ヤバいから脂肪ちゃんが見えている。
②ただ脂肪ちゃんは存在する。妄想ではない。

③脂肪ちゃんは脂肪の概念で、みんなの脂肪に対する思いの捻《ねじ》れから生まれた。
「今世界中に八〇億人の人がいて、九%の人が飢餓で苦しんでいて、二〇%が肥満で悩んでるんだよ。生物として両極端に振れちゃってるの」

ほうほう。

「そもそもさ、生き物って、エネルギーを得ることが大事なの。生きるって、エネルギーを得て、繁殖することでしょ？　なのに人間はその生き物としての命題をダイエットという後付けの理由で書き換えようとしている。お腹いっぱいに食べたい、食べたらダメ、太りたい、痩せたい……アンビバレンツなの。君だってそうでしょ？」

脂肪ちゃんはじっとりとわたしを睨んだ。器用だな、この黒豆。

「健康体重っていう生きるために最適なバランスを、お金払って、時間使って、努力して、不健康に修正しようと頑張ってる。外側の問題で、内側を壊そうとしてるんだよ」

この後、脂肪ちゃんはとうとうと脂肪がいかに生きていくのに大切かの講義を始めた。あまりに長いので、途中で一回寝て、起きてもまだ喋《しゃべ》ってた。

「その不自然なエネルギー、世界中で凄まじい数の人が、なんとか痩せたいとあれこれやっているエネルギーが、君のダイエットによってついに臨界点を超えたんだ。最後のベンチプレス一回だよ。結果、君は特異点となり、固定された」

「特異点？　固定⁇」

ちょっと、意味がわからんとです。

「う～ん、システムがフリーズしたみたいなこと。だから痩せない。君だけじゃない。今後、世界中の人間が太りも痩せもしない。超生体恒常性、スーパーホメオスタシス状態だよ」

「なんか話が大きくなってきた……えっとじゃあ不老不死……？」

「ではない。あくまで体組織の状態が固定されちゃっただけだから。普通に病気になるし、死ぬ。ただ、痩せも太りもしなくなるだけ。あ、子供は今の身長体重のまんま、年とってくね」

ＯＫ完全に理解した（一ミリもわからん）。

「えーとえーとじゃあ、あれだ！　チートデイ！　ホメオスタシスって、体がバランスを保とうとすることでしょ？　だから、低カロリーに慣れちゃった頃に、めっちゃ食べて体を騙《だま》して、でもってホメオスタシスを解除する」

順調に下がっていた体重の変化が、同じことをしても動かなくなった、踊り場状態になっちゃったときに一時的にカロリー制限を解いて好きなものを好きなだけ食べる、というほんまかいな、なダイエット方法だ。

「だから、人類みんなでチートデイやれば」

「無理。言ったでしょ？　問題は、君の中に特異点、いわばカロリー収支の結びこぶができちゃったことだから。人類がみんなしてケーキどか喰《ぐ》いしても、これはどうしようもない」

絶望じゃーん。なんでなんの断りもなく人の中にそんなもん作るかなぁ。絶望のあまり脂肪ちゃんを捏《こ》ねくりまわした。脂肪ちゃんはあふ！　とか、ふぇん、なんて声を出しながらも今回は逃げなかったので、割といい感じだったのかもしれない。一級脂肪ちゃんマッサージ師ならなれそう。

「とにかく！　今ふぇええ君がすべぉぅふきことはもひゅっ」

あれ、なんか脂肪ちゃん、柔らかくなってきてない？　もしやあんなこと言っていたけど、マッサージしてたらなんとかなったりしない？　いっそう熱を込めて脂肪ちゃんを揉みまくった。とても喋れなくなった脂肪ちゃんは、ひゅえええええ、みたいな声を出して四散した。


目覚めたのはベッドの上だった。

異変に気づいたスタッフがぎりぎりのところでわたしをプールから助け出したらしい。総出で平謝りされたけど、英語だから良くわかんないし、ベッドは硬いし毛布は紙やすりみたいだし枕《まくら》は湿っぽいし。いろんな意味で居心地悪くて、大丈夫だからとにかくジョン・スミスを呼んでくれ、と言い張った。

ぶっ飛んできたジョンがこれまた平謝りしようとするのを遮って、一気呵成《いっきかせい》に脂肪ちゃんから聞いたことを話した。だって、こんなのわたしひとりじゃどうにもできないもん。ここには頭いい人がたくさん集まってるんだから、誰かひとりくらい解決策思いつくでしょ。

わたしの話をポカンと聞いていたジョンの顔がだんだん赤くなっていく。やべ、さすがに頭おかしくなったと思われたかな……と思いきや、立ち上がって拳を振り上げ、叫んだ。

「ニチアサだ‼」

そのままぶるぶる震えながら涙目で宙を見上げている。

「わぁ、オタクは話が早くて助かるね。ボクのことはナイショにしておいた方がいいよ、って言おうと思ったんだけど、普通に受け入れたね～」

「この状況あっさり呑《の》み込むって、ニチアサの力ってすごいんだね」

答えた後で固まった。待て待て待て、今の声って。

「はぁい、ぼく脂肪ちゃん」

頭の下の枕を鷲《わし》づかみにして、力いっぱい放り投げる。ベシャッと壁にぶつかったのは、紛れもない脂肪野郎だった。

「なんで！　なんでいるの⁉」

「だってぼく、もえたまのパートナーだもん」

黒豆をきらきらさせるな。え、じゃあこれって他の人にも……？　恐る恐るジョンに脂肪ちゃんを示して、何に見えるか聞いてみる。

「……枕、かな」

「何度も言ってるけど、ぼく脂肪の概念だから。概念が可視化できるのは、臨界突破している君だけだよ」

やっっっっぱい、さすがに枕を相手に独り言を言うのは、お病気判定される。と思いきや（二度目）。

「魔法少女のパートナーの妖精のことは秘密、わかってるよ。ぼくには枕にしか見えないけれど、あれは本当は脂肪の国から来た脂肪の妖精、脂肪ちゃんなんだよね」

オタク、理解早ぇぇぇぇえ！　っていうか、設定が追加されてる……

「ＯＫＯＫ、ぼくはトンボポジション。いやぁ、感激だなぁ、ニチアサが向こうからやってくるなんて。大丈夫、任せて。秘密を守りつつ、なんとかしてみせるから」

脂肪ちゃんとジョン。ふたりして目をきらきらさせるな。


本当になんとかなった。

最初は、枕にしか見えないものを抱えて必死で訳のわからない話をするわたしを、やっぱりあれで酸素欠乏症になったのか、可哀想《かわいそう》に、って目でみんな見てたけど。ここでジョンがとんでもない暴挙に出た。この話を研究者のオープンコミュニティに流したのだ。いやまぁ当然、笑われたし呆《あき》れられたし正気を疑われた。

だけどさ、脂肪ちゃん顕在化で人類スーパーホメオスタシス状態ってやつが本当に始まっちゃったらしく。

だんだん、あれ、おかしくね？　って、あちこちがざわざわし始めた。

で、ジョンの書き込みが見つかり、ついに人類は気づいちゃった。もう太れないし痩せられない。一気に状況が変わった。

まず、いくら食べても太らないことに有頂天になった人たちが、ハイパー暴飲暴食祭りを開催して。逆にじゃあ食べなかったらどうなるんだ、ってんで絶食チャレンジに挑む人がいて。美容外科医たちは手術で脂肪を吸っても吸っても元に戻っちゃうので真っ青になって。

今の自分に完璧に満足してる人なんて、そんないないよね。これ以上変わらない、ってのは実はヤバい、ってのがわかってきて、みんな焦り始めた。なにより一番みんなを打ちのめしたのは、もう子供たちがこれ以上成長できない、ってこと。

世界の飢餓の九％と肥満の二〇％、それから子供を持つ親たちめっちゃたくさん％が、猛烈に声を上げて、世界の頭脳数％を動かして、その人たちが死に物狂いで頑張った結果、解決策が見つかった。人類すごい。

「特異点は特異点で打ち消すんだよ。君の中に、超小型ブラックホールを生成する。まだ試験段階だけど、衛星軌道上にある小型陽子加速器、これを使うんだ。いいかい、シュヴァルツシルト半径を」

全く意味がわからんとです。うっとり早口でまくし立てるジョンの口に脂肪ちゃんをつっこんだ。二人してぐえええええとか言ってたけど、気にしない。

「三行に要約して」

「つまり」

ジョンが厳かに告げる。

「君は、宇宙に行く」

一行じゃん。宇宙ってそんな気軽に行ける!?　コンビニ行くんじゃないんだよ？

「忘れた？　うち、宇宙ベンチャーだぜ？」

人生一ヘタなウインク見ちゃった。


いよいよ明日出発って晩、ずっとずっと見ないふりをしていたことに向き合った。

事の発端になった四人グループのラインに意を決して書き込んだのだ。

萌：ごめん、なんか仕事忙しくってさ。もしかしたらアフタヌーンティー行けないかも。

そのときはみんなでわたしの分まで食べておいて。

これだけ打つのに、すっごい時間かかっちゃった。
えりりん：え〜そうなの？　やだ、もっと早く言ってよ。リスケする〜
琴美：まだ予約してないから大丈夫だよ。
マユ：いつ戻ってくる？
萌：う〜ん、ちょっとわかんないかも
マユ：うん、だから地球に戻ってきたら連絡して、もえたま
萌：って、戻ってくるって？
萌：あ sdfrgthjkl;:
えりりん：え、嘘、バレてないと思ってたの？
琴美：わたし、けっこう初期からもえたまアカフォローしてたけど。がんばってんなぁ、
わたしも負けてらんない、って思ってた。
マユ：ぶっちゃけ、あたしもオンラインヨガばっかになってから、つい手抜きしちゃっ
ててさ。割と太った。
えりりん：体脂肪率三〇越えてからが本番だよね（笑）
琴美：二重顎バレないように、デーモン閣下ばりのシェーディング入れてたよ。
女子達、強かった。肉質読むだけじゃなく、匿名アカウントの同定までできるとは。
あっけらかんと励まされて、行っておいで〜って送り出されて、お土産に宇宙饅頭《まんじゅう》（低

糖質）頼んだよ、って言われて、なんかスッキリした。

最後に「萌・スミスって名前、悪くないと思うよ」って言われたのは納得いかんけど。

ってことで、わたしは今、宇宙にいる。

国際宇宙リニアコライダー、数十キロもある長い長いパイプを繋《つな》げた真ん中。麻酔かなにかで眠らされるのかと思ったけど、意識があってもなくてもあんまり変わんないらしい。痛いとか、熱いとかもたぶんないだろうって。

わたしの近くには、あいかわらず脂肪ちゃんがふよふよ浮いている。

「これ成功したらさぁ、ＩＳＬＣダイエットとか言って、怪しいサプリ売りさばいて大儲《おおもう》けできんじゃゃないかな」

軽口叩《たた》いてるのは、正直怖いからだ。陽子と電子ドッヂボールの的《まと》になるなんて、人類初だもん。誰もはっきり言わないけど、死ぬかもしれないし、もっと悪いことになる可能性だってある。だから、今ここに脂肪ちゃんがいてくれて良かった、とちょっとだけ思った。

「ねえ、脂肪ちゃんはどうなるの？」

「お、ぼくに会えなくなったら寂しい？」

「寂しくなんかないもん！　ってテンプレやめて。いやまぁ、どうなるのかな、って」

「ぼくもわかんないよ。そもそもどうしてぼくが生まれたのかもわかんないし」

「そっか。でもこの状態が解消されても、人類があいかわらず不自然に痩せたい、って思うのは変わんないでしょ？　だからもしかしたらまた遠からずおんなじようなことが起こるかもね」

「人類だけじゃないよ」

あれ、お前、さらっとすごいこと言わなかった？

「この宇宙にいる意識あるものみんな、似たようなこと考えてるんだよ。多いとか少ないとか尖ってるとか丸いとかスカスカとか密密とか、自分の今に不満があるんだよ」

「じゃあさ、火星人のガリガリと、地球人のでぶでぶを交換できたらいいかもね」

言いながら、これってまんざらでもないかも、と思った。宇宙は斑《まだら》で、偏《かたよ》っている。でもいつかみんながその足りない部分や余ってる部分を交換できるようになったら。みんな満ち足りて、幸せになれるかもしれない。

あ、そうか、古事記でやった「成り合はざる処《ところ》」「成り余れる処」ってそういうことなのかも。

「よし、じゃあこれをもえもえプロジェクトと名付けよう」

「だっさ！」

「いいんですー、言葉があれば、概念が生まれる。概念があれば、みんな考えるようになって、いつか解決策が見つかったり、あんたみたいな変な生き物がまた生まれるかもしれないじゃん」

「ニュースピークやめて」

特許料貰《もら》えたらさ、研究所を作って、そこにわりかし有能な研究者らしいジョン呼んであげて、もえもえプロジェクトを追究するのもいいかもしんない。そういえば地球を離れるときに、涙目で「お守りです」って魔法少女のアクキー握らされた。あれも返さなきゃいけないしね。萌・スミスには絶対ならないけど、共同経営者くらいにはなってやってもいいよ。

ブザーが鳴り響く。心臓に悪いな、ステキなチャイムとかにしてよ。

「いよいよだね」

「うん。あんたが消えても、覚えておいてあげる」

脂肪ちゃんは笑って、わたしのほっぺたに一瞬だけぴとっとくっついた。きも。

さぁ来い、陽子と電子！　もうここまで来たら怖いものなしだぜ。今考えるのは一つだけ。スコーン！　アフタヌーンティーのスコーン！　炭水化物の塊に、超高カロリーなクロテッドクリームと、糖質の塊のジャムをこれでもかって塗って、一口で食べてやるんだ。

ダイエット？　いいの、明日から頑張る！

いつか土漠に雨の降る

雨のおとがきこえる
雨がふってゐたのだ

あのおとのようにそっと世のためにはたらいてゐよう
雨があがるようにしづかに死んでゆこう

八木重吉

砂漠でなくて土漠、と教えてくれたのは僕の三期上の先輩。砂じゃなくて、土でできた砂漠だから土漠。僕らのイメージの中にある砂丘が延々と連なった風景ではなく、岩と石と土でできた山と地面が広がっている。大地も空もがらんと空っぽで、ひたすらでかい。それなりにいろいろ整った町で育った僕は、この何もなさが最初は怖かった。自分の抱えている怖さがなんなのか確かめたくてスマホの辞書を見たけれど、茫漠とか、闊大、縹渺なんていう読めない漢字が見つかっただけだった。

周囲一〇〇キロメートルにあるのは、サン・ペドロ・デ・アタカマという小さな町が一つ。人が住める条件の揃った場所に、数千人が集まって暮らしている。あとは鉱山施設、そして僕が今いる宿舎とか。

町から約二〇キロメートル、標高二九〇〇メートルの高地の真ん中に、アルマ天文台山麓施設が建っている。そしてさらに三〇キロ離れた五〇五〇メートルの山の上に、アタカマ大型ミリ波サブミリ波干渉計が並ぶ山頂施設が。

首都サンチャゴから飛行機で二時間弱、土漠のど真ん中にアタカマ天文台が作られたのには、もちろん理由がある。

空気が薄くて乾燥しきっていて、雲がない。天体が放つ赤外線を観測するには、大気中の水蒸気がなるべく少ない方がいい。高地で、さらに乾燥しきっているこの場所は、衛星軌道上の宇宙望遠鏡に近い精度で星を観測出来る、地球上でも稀な場所だった。

天文台の周囲には人も住んでいないから、観測を妨げるノイズが少ない。たくさんの電波望遠鏡を建設させるための、平たくて安定した土地もある。南米の中では比較的情勢が安定していて、経済が発達しているチリという国。つまり、世界中から選ばれたベストな「観測最適地」。でもそれは同時に、超が幾つもつく僻地ってことでもあって……。

一番近い、人が住む町まで車で一時間。たった一時間、されど一時間。僻地って言うほどではないかもしれない……でも、火星みたいな周囲の景色とも相まって、心理的にはやたら遠い。

「次の休暇、何する？」

「ウィロウィロでも行くかな。亜熱帯雨林。いいホテルがあるよ」

同僚の台湾人の朱沐宸《チユムーチエン》と、高山病防止のコカの葉を嚙み、薄いビールを飲みながら夕焼けを眺めて無駄話をするのがほぼ毎日のルーティン。ここは夕焼けと星空だけは、本当に素晴らしいのだ。

今も目の前では紫とピンクの配分が静かに変わっていく。上の方はもう群青だ。少しずつ降りてくる夜の中で、小さく光る一番星と細い細い月がうっすらと見えてくる。アイフォンからは、甘い声で誰かが「雨が降ることもある」と歌っている。アタカマは地球上で最も降水量が少ない場所だけどね。今日は雲が無いので、空は単調だ。それでも凄まじく美しい。こんなショーを毎日無料で公開している地球って太っ腹だな、と見るたびに思う。

「あ、セニョールだ」

もう一人の屋外だべり組が顔を出す。と言っても人間じゃない。ビスカチャという大きなネズミみたいな生き物。この棟の近くに住んでいるらしく、よく見かける。夕方になると、日の光でぬくまった岩の上に姿を現す。本当はメスだし、子供もいるけれど、セニョールと呼ばれている。兎やネズミに似ている、だけど愛嬌だけさっ引いたようなその顔が、強い日の光に目を細める表情があまりにおっさん臭くて、いつの間にかセニョールという名前がつけられていた。

この近くには他にも何匹かビスカチャがいたけれど、セニョールは右耳に切り欠きがあるからすぐ見わけがつく。

「セニョールって、ずっといるよね」

「確かに。僕の前任者の頃からいるって聞いてるよ。〝パイセン〟だね」

そこだけ日本語で言って、沐宸《ムーチエン》は笑った。日本のアニメが好きだという沐宸《ムーチエン》は、時々変な言葉だけ覚えている。同じアジア人同士だからかもしれない、沐宸《ムーチエン》とは話しやすかった。一〇代でアメリカに留学した沐宸《ムーチエン》は、頭の回転が速く、問題の切り分けに長け、現実的な解決策を思いつくのが早かった。エンジニアとしても尊敬できる相手だった。沐宸《ムーチエン》がいなかったら、僕のアタカマ生活はもう少し大変だっただろう。

「セニョール〝パイセン〟に」

僕らはそう言ってビールの缶を打ちあわせる。

お前もよく頑張ってるな、と何となく仲間意識めいたものを感じながら、二人と一匹で夕日を見た。

僕は技師だ。

山頂施設のあるチャナントール平原は標高五〇五〇メートル。直径一二メートルのパラボラアンテナが五四台、少し小さい七メートルのアンテナが一二台並んで、じっと空を見ている。視力六千のアンテナたちが受信した電波は、真空冷凍容器に収められた受信機カートリッジに送られる。日本の国立天文台が提供したそのBand4、8、10の点検と整備が僕の主な仕事。

沐宸《ムーチエン》は同じように台湾中央研究院から、受信機開発の専門家として派遣されている。月に一度、サンチャゴからアルマ天文台にデータのチェックに行く。高度順化もあるから、山麓施設での滞在も含めるとだいたい二週間おきにアタカマとサンチャゴを行き来している。沐宸《ムーチエン》とはそのタイミングがほぼ同じで、顔を合わせることが多かった。専門も近くて、何となく話があい（好きなアニメが同じだったり）、サンチャゴでも時々飲みに行ったりしている。

経費の申請をしにサンチャゴオフィスに寄った時、このオフィスにもう七年いるという一山《いちやま》さんと雑談の合間に「セニョールパイセン」の話が出た。

「え？　セニョールって代替わりしてるんじゃないの？　だってさぁ、前の前の所長の時からその名前聞いてたよ？　二〇一〇年とか？　あれ、でもビスカチャって寿命七、八年じゃやなかった？」

だとすると、セニョールは今、最低一二歳。それとも同じように耳が欠けているビスカチャが、たまたま観測台の近くに住んでいるのだろうか？

一度気になると、それからちらちらとセニョールの様子を窺うことになった。ふっくら丸いわがままボディは、とても御年一二〇歳（人間換算）とは思えない。

ビスカチャはチンチラの仲間の齧歯類。体長五〇～六〇センチほど。アルゼンチン、エクアドル、ペルー、ボリビア、チリなど、南米の限られた場所にしか生息していない。地面の中に一〇～二〇平方メートルにも及ぶ入り組んだ大きな巣を掘り、殆ど水を飲まず、草や種子、根を食べて生きている。目を細めた渋い表情と、もふもふの体が受けて、SN

Sでバズったこともある。だけど、基本的にはマイナーで地味な生き物だ。絶滅の危機に瀕している訳でもなく、人間に食用にされたり毛皮を取られたりすることもあまりない。僕も、アタカマに来るまでは知らなかったし。

だけど今は何となく仲間意識もあり、外に出るとセニョールを探してしまう。

その日、僕はセニョールの子供が大きなワシに襲われるのを見てしまった。

山麓施設のカフェテリアからサンドイッチとダイエットコークを持って、外で食べようと出てきたところだった。頭の上をさっと影が通り過ぎて、視界の端で何かがすごい速さで岩山を駆け上がっていき、その影が降りてきて取り残された小さな塊を摑み上げ、持ち上げた。僕はその時になってようやく茫然自失から抜け出して、サンドイッチとコークを持った腕を振り回しながら大声を上げて駆けだした。

ワシは僕に驚いたのか、摑んでいたものを落とした。

僕がすくんで何もできないうちに、それは近くの岩の上に落ちた。

セニョールではなかった。セニョールの二頭いる子供の片方だった。

岩の上で完全に潰れ、ピンクと灰色と赤と茶色の塊になっている。

僕が大声を出したからだろうか。でもそうでなくてもきっとこの子はワシに食べられていた。どうやっても助からなかった。仕方ない、逃げ遅れた時点でこの子の運命は決まっていたんだ。そう自分の中で繰り返したけれど、目の前で起きた小さな生き物の死に、僕はしばらくただ呆然と、生命だったものを見ていた。

我に返ったのは、ワシが戻ってきてこの子を食べたらいけない、と気づいたからだ。もう死んでしまったのだから、ワシに食べて貰った方がいいのかもしれない。だけど、あのセニョールの子供、僕も時々見かけたこともあるこの子を放っておくことができなかった。埋めてあげよう。文明人としてのセンチメンタリズムだろうけれど、でも、せめて。

急いでカフェテリアにペーパータオルを取りに戻り、分厚く子供の体を覆った。こわごわと、なるべく子供の遺骸の感触がわからないようにそっと持ち上げる。

そこではたと止まってしまった。

埋めてあげるって言ったって、どこに？

強い日差しに焼き固められた地面はひどく固い。岩が砕けただけの浅い砂利の中に埋めても、ピューマやキツネが掘り出して食べてしまうかもしれない。観光名所として名高い月の谷まで行けば、砂丘があった。だけど、そこまでこの子をどうしたらいいんだろう。手で持ってしまった遺骸をもう一度置くわけにもいかず、僕はただただ固まったままおろおろしていた。手の中の子供は軽くて、ペーパータオルの固まりの中にさっきまで生きていた体が入っているなんて不思議だった。

その時、手の中で子供が動いた。

死後痙攣とかそういうやつかと思った。でも動いている。一回だけじゃない。確実に、感じる。弱々しく、でもだんだんしっかりと。小さな足が中からペーパータオルを蹴っている。身をよじって、もがいている。

もしかしたらまだ死んでいなかったのかも、と思いながら、もう片方の頭の隅ではそんなことあるわけがない、とわかっていた。あんなぐちゃぐちゃになって、肉と皮と骨の塊になって、生きていられる生命なんてない。死んでいた、子供は確実に死んでいた。

じゃあ何だ、この僕の手の中で暴れ、外に出せと明確な意志を持って動いている塊は何なんだ。

中から、小さな鼻がのぞいたところで限界だった。がたがた震えながら、僕はペーパータオルを目の前の岩に落とすように置いた。中から子供が這いだしてくる。きょとんとした目をして。すっかり何もなかったみたいな姿で。

岩山を駆け上がっていく子供を、セニョールが待っていた。


フェイスブックを遡り、元カノと行ったライブの写真を探す。あの時紹介された大勢の友達の中にウニベルシダッド・デ・チレの生物学者が……いた。ＳＮＳ中毒だった元カノ、ありがとう。

名前は、そうだホセ・ルイスだ。ひげ面で小柄、陽気な男だった。

向こうからしたら友達の元カレ、しかも数年前に会っただけの謎の日本人から急にメッセージが来てずいぶん驚いただろうに、ホセ・ルイスは気さくに返事をくれた。僕は世間話をしているふりで、ホセ・ルイスに回収しておいたペーパータオルの話を持ちかけ、染みこんだ血を分析してみてくれないか、と持ちかけた。

チリ人は人なつっこくて親切で、気まぐれで適当でノリがいい。一八時から始まるパーティの案内を送って、客が来るのはだいたい二四時過ぎ。そこから朝まで騒ぐ。だからホセ・ルイスもてっきり、良い感じの返事をしたままほったらかしにするんじゃないかと思っていた。まさか本当に電話がかかって来るとは思ってなかった。

「¿De donde sacaste esa sangre? ¿Que demonios es?（あの血液、どこで手に入れた？ なんだあれ?!）」

ただでさえ早くて聞き取りにくいチリ訛りのスペイン語が、興奮しまくっていてさらに難易度が高い。何度も繰り返してもらってわかったのは、血液に通常より赤血球が多い、ということ。ただ、これは酸素濃度の薄い地域の生き物にはよく見られる特徴だ。

「¡Pero hay un problema!（けど、問題があるんだよ！）」

詳しくは直接会ったときに話したい、という。

僕たちはチェーンの珈琲店で待ち合わせ、ホセ・ルイスはまずいコーヒーを飲みながら、何度も¡No lo puedo creer!、信じられない、を繰り返した。

血液には、見たことのない結晶構造が含まれている。しかも、水分を与えると構造的に変化していく、ただ、あまりにもサンプルの状態が悪く、きちんとしたことはわからない。興奮しきったホセ・ルイスから血液の染みついたペーパータオルを回収するのは骨が折れた。もっと血液を採取して、また送る。でも細かいことはまだ言えない。僕の仕事は知っているだろう（これはハッタリ）。

後でメールする、と言って別れ、駅に向かう途中、フェイスブックで彼をブロックし、メッセージも電話も着信拒否にした。大丈夫、あいつ、一回も僕の名前をちゃんと言えてなかったし……きっと探し出せない。

まだこの時はきちんとした考えがあったわけじゃない。だけど、ホセ・ルイスの興奮っぷりを見ているうちに、これはもしかしたらとても大変なことなんじゃないかと、体の内側がぞわぞわし始めた。このままセニョールの子供のことが広まってしまえば、きっとまずいことになる。誰かの手を借りるわけにはいかない、とにかく僕だけで調べてみよう。

それから僕は、天文台の日誌を遡って読み込んでいった。時間も根気も必要だった。アルマ天文台ができたのは二〇一一年。長い間書き継がれてきた、報告や愚痴や日記や記録を一頁ずつ読み込んでいく。

数年に一回、誰かがセニョールと子供のことを書いていた。

遡る、もっと、もっと。一〇年、二〇年……そうして見つけたセニョールに関する一番古い記録は、この天文台の建設地調査に訪れたカナダ人技師の落書きだった。下手クソな丸まっこい生き物、でもその耳には、切り欠きがあった。セニョールだ。一九九七年、実に今から二五年前。

平均的なビスカチャの寿命の四倍以上だ。

たまたま四代続いて、耳に切り欠きのあるビスカチャが山麓施設の近くに住み着いた。セニョールの家系はみんな同じ耳の形をしている。

実は落書きが間違いで、耳に切り欠きがあるように見えるだけだ。

考えられる可能性をいろいろひねくり回していたけれど、本当はそうじゃないことはわかっていた。

セニョールは二五年前からここに住んでいる。同じビスカチャが、平均寿命の四倍近い年月、ここで生きている。いや、記録にある限り二五年なら、もしかしたらもっと長いのかもしれない。

それを確かめるには……

ここで僕は行き詰まった。仮説を検証しようにもセニョールに近づく術がない。もし捕まえられたとしても、僕がセニョールを解剖する？　無理だ、僕は生物学者じゃない。かといってホセ・ルイスに頼むわけにもいかない。大事にせずにできることには限界があった。

僕はいつも上の空で、怯えていて、こそこそと一人で行動した。セニョールと、その子供を見るのが怖くて、今までみたいに外でランチを取ったり、沐宸《ムーチエン》と夕日を見ながらビールを飲むこともなくなった。

明らかに様子のおかしくなった僕を、沐宸《ムーチエン》は放っておかなかった。

「話せることなら、聞く」

元カノと別れた時、酔っ払った僕の話を辛抱強く聞いてくれたのと同じ顔で沐宸《ムーチエン》が僕を見ている。

「あ、いや、違うんだ。あ、違うってのは話せないとかじゃなくて、えっと……」

なんて説明しよう。咄嗟にそう思って、気づいた。

秘密の大きさはどんどん僕を押しつぶしていた。自分が見ているものの深さがわからないまま、手探りで踏み込んでいくのは怖かった。だから僕は、沐宸《ムーチエン》に半分持って貰えるかもしれない、と思ってほっとしたんだ。

ここまでの経緯を説明する。沐宸《ムーチエン》は黙って聞いた後、きっぱりと言った。

「セニョールの巣を探そう。巣の入り口に糞が溜まっているはずだ。それを調べる」

「信じるの？」

「半分半分。でも、信じた方が面白そうだから。セニョールが不死身の可能性も〝ビレゾン〟でしょう？」

ビレゾンが、微粒子レベルで存在、だとわかった時には、声を出して笑ってしまった。久しぶりに、気持ちが軽かった。


僕たちはAmazonで赤外線カメラを何台か取り寄せ、あちこちに設置し、セニョールの行動を追い始めた。

昼の間はうとうとしているだけのビスカチャも夜になると餌を探して活発に動き回る。時折カメラにはピューマやビクーニャも写った。カメラの設置場所を少しずつ変えながら、僕らはセニョールの行動範囲を見極めていった。

間もなく、巣が見つかった。ビスカチャは巣の周りにあらゆるものを溜め込み、積み上げる。そこから採取した糞や抜け毛を今度は自分たちで分析する。チリ人の生物学者ホセ・ルイスが興奮していた結晶構造は、糞からも見つかった。水を与えると折り紙を広げるように展開していく。非常に強固で柔軟、弾性に富み、そして何より驚いたことに自己修復機能がある。もしセニョールの子供の全身にこの結晶構造が及んでいたとしたら……確かに不死身になれるかもしれない。

僕らは顔を見合わせ、ほぼ同時に言った。

「これ……ウィドマンシュテッテン構造に似ている」

僕らの気が合うもう一つの理由に、二人とも天文小僧だった、というのがある。天体や隕石に魅せられ、天文学者にはなれなかったものの周辺の仕事についた。子供の頃夢中になってめくった天文図鑑や科学雑誌に載っていた奇妙に美しい結晶構造は、その長くて複雑な名前も含めて記憶に残っていた。斜めに交差する結晶構造は、あの時見た写真そっくりだった。

ウィドマンシュテッテン構造とは、鉄とニッケルを多く含むオクタヘドライト型隕石に見られる特徴的なテトラテーナイト層だ。特異な磁性によるこの構造は、人工的に作り出すことが出来ない。

「隕石の記録を探そう。セニョールの行動範囲内に落ちているはずだ」

僕らがいるところは、世界最高峰の天文台だ。設立以前の記録も資料として残されていた。一九九五年、とりわけ大きな鉄隕石がこの近くに落ちていた。サンプルがサン・ペドロ・デ・アタカマの Museo del Meteorito、隕石博物館に保管されているという。HPのギャラリーを見ていくと、それらしい写真が見つかった。

「展示はされていないみたいだね。鉄隕石は珍しいものじゃないから」

「三一九八グラム、Octahedrite fino、オクタヘドライトだ。切削されている……あぁ、ほら、やっぱりこの断面、凄くよく似ている」

PC画面から顔を上げて、沐宸《ムーチエン》と目を見合わせる。

「行こう、ここに。この隕石が落ちた場所に」

僕と沐宸《ムーチエン》は天文台の車を借りた。

アタカマ砂漠を走る車は、赤い旗を高々と掲げている。地形が起伏に富んでいるので、走っている車が見えなくなることがあるからだ。旗をなびかせながら、僕の運転するニッサンが走る。

何もないだだっ広い土漠。高温で焼いた釉薬のような青い青い空、赤い岩と砂。赤と青、そして地面の白。チリの国旗の色だ。

場所を探すのには苦労した。三一九八グラムの隕石が作れるのは、せいぜい数メートルのクレーターだ。資料に残されていた緯度と経度をスマホで確認しながら、最後は歩いて、目視で見つけ出した。隕石自体はもう回収されてしまっていたけれど、落下の時のクレーターがうっすらと確認できた。もう一〇年もすれば、風化して他の場所と見分けがつかなくなるだろう。

「干上がった湖みたいだね」

衝突でできた石英がきらきらと地面を覆っている。照り返しがサングラスを通して目に刺さるほどだった。

「これは？」

沐宸《ムーチエン》が立ち止まった。その足下に少し違う色のものが転がっていた。銅鉱山の周りによくある炭酸水酸化銅かと思ったけれど、もっと鮮やかな緑。よく見ると、そこかしこにある。

僕は沐宸《ムーチエン》を見た。沐宸《ムーチエン》が頷き、無言で水筒の水をかけた。緑礬《りよくばん》様の結晶は水がかかった途端に展開し始めた。たたみ込まれた内部構造が水を受けて広がる。レースペーパー、万華鏡、ルービックキューブ、テオ・ヤンセンのストランドビースト、地衣類……その動きには幻惑的な、目が離せなくなる効果があった。だけど容赦ない日差しと乾燥に水はあっという間に蒸発し、逆回しとなってまた縮んでいく。

一瞬の展開、そして収束。その動きは明らかに異質だった。

沐宸《ムーチエン》が慎重に、僕らの疑念を言葉にする。

「これは鉱物じゃない……生物だ」

植物の生長を早回しにした映像、小学校の実験で育てた硝子結晶。

「隕石と一緒に落ちてきた、エイリアンってこと?」

「ここアタカマに来ちゃったのが運の尽きだね。もし海に落ちていたら、あっという間に増えることができたのに」

もしもっと水の多い場所に落ちていたら。

もし数十メートル、数キロメートルのクレーターを残すほどこの隕石が大きかったら。

もし微小な隕石となって降り注いでいたら。

もしこの地に雨が降っていたら。

だけどその無数のもしが全て裏目に出た結果、この結晶はここで為す術もなく干上がっている。

「でも、最近はアタカマにも雨が降る。エル・ニーニョ現象のせいで、数年に一度」

「雨が降ると、硝子質になったクレーターに水が溜まり、これは展開を始める」

「それを、水を飲みに来たセニョールたちビスカチャが食べ尽くす」

「もし残っても、すぐに水は干上がる。結晶はまた休眠状態に戻る」

沐宸《ムーチエン》がつま先で結晶を転がす。

「地球上の誰も知らないところで、ファーストコンタクトはなされていたんだね」

ただし、コンタクトしたのはビスカチャと他数種の生き物のみ。

五百年間、雨の降らなかった土漠の真ん中で、僕らは立ち尽くしていた。


帰りの車の中、ハンドルを握る僕はかなり浮かれていたかもしれない。ファーストコンタクトという言葉、それを見つけたのが僕らなことにも優越感をくすぐられていた。

「もしかしたらさ、これで人類は永遠の命を手に入れたのかもしれないね。そのまま人間に適用できるかどうかわかんないけど、可能性はあるよね」

土漠の道は、轍や石でハンドルを取られやすい。僕は目の前の道に集中しながらも、ずいぶん能天気な声を出していたと思う。

「考えてみてよ、もう病で苦しむ人も、死に怯える人もいなくなるんだよ、すごいことだよ！」

「……違うよ」

沐宸《ムーチエン》の表情を確かめることができない。だけど、その声は沈んで聞こえた。

「そうかなぁ。だってセニョールを見てよ、寿命なんてなくなるかもしれないんだぜ？怪我をしたって元に戻る。病気にもならない」

長い沈黙の後に口を開いた沐宸《ムーチエン》の声は小さくて、危うく風の音で聞き逃すところだった。

「わからない、僕にはこれが良いことなのか悪いことなのか。ただ変わらないことを不老不死と言えるんだろうか。これは、言うならもっと……そう、永遠のポーズ、停滞に近いんじゃないかな」

一瞬、横目で沐宸《ムーチエン》を見る。サングラスに隠されて彼の目は見えない。

「この効果が及ぶのが、人間だけじゃないとしたら。この地球に生きるあらゆる生物が、恒常性を得るとしたら」

雲一つない蒼穹。だけど一瞬、日が陰った気がした。

「動物も、草も木も、細菌や微生物や病原菌にも、不変であることが行き渡るなら。病に苦しむ人は永遠に病に苦しみ、恒常性を得た瞬間に怪我をしていた人は永遠に怪我を抱えたままになる。死への怯えが、生への絶望に置き変わるだけじゃないだろうか。僕だったらそれを、〝ノロイ〟と呼ぶかもしれない」

僕は言葉を失った。僕の手の中でもがき、暴れ、出てきた子ビスカチャのことを思い出した。もしあれが僕だったら。繰り返し繰り返し死から蘇る。それは……

「それに、子供はもう生まれなくなる」

「でも、セニョールの子供は?!」

「あの子は、結晶を取り込む前に生まれたんじゃないかな」

沐宸《ムーチエン》、君は今どんな顔をしている？　どんな表情で、どこまで遠くを見ている？

「子供を作るということは、卵細胞が分裂増殖することだ。それが停滞したら？　だから、これは不老不死じゃない、ただの不変だ」

真昼の太陽が照りつける。ここアタカマでは東京の一〇倍以上の紫外線が降り注ぐ。

「世界は、今この瞬間で止まるんだ。それでも……」

沐宸《ムーチエン》が言葉を切る。ハンドルの向こう、白く灼けた道がどこまでも続く。

「それでも君はこれを福音だと思う？」

沐宸《ムーチエン》は台湾に帰った。

僕もチリを離れ、今は三鷹の国立天文台にいる。彼とは時々、学会ですれ違う。その度に笑いながら、いつまでも若いね、と冗談を言い合う。

ねぇ、セニョール。

君は今日もあの岩の上で目を細めてひなたぼっこをしている？

死なない体を持ち、そのことをなんの疑問も懸念もなく受け止め、ただ生きている？

でもいつか、君も再生できないような死に直面するかもしれない。

いつか、君の子供が今度こそワシに食べられてしまうかもしれない。

いつか、降水パターンが変化し、アタカマに大雨が降るかもしれない。数百年間、雨が降ることがなかった地に降り注いだ水は洪水となって地表を押し流すだろう。

その時僕らが受け取るのは、福音だろうか、呪いだろうか。

ここから一八〇〇〇キロ。

セニョール、君は今日も夕日を見ているんだろうか。

Yours is the Earth and everything that's in it

――２０６７――

建て付けの悪いガラス戸を開け、外に出る。

色褪せた緑色の日よけオーニングから一歩出て空を見上げると、こちらに飛んでくるドローンの小さな影が見えた。わたしの後ろをついてきた大型犬サイズの多脚式ロボットが、中途半端に開けたガラス戸につっかえてもがいていた。「ごめんね」と声をかけ、戸を大きく開けて通れるようにしてあげる。

廃業した小さな雑貨屋がY字路の真ん中に挟まるように立っている。わずか数坪の雑貨屋はわたしが引き継いだ時、棚は倒れ、埃と砂が凄くて、とても使える状態にはできないと思った。前の経営者だった老人からは、潰してもいい、好きにしてくれ、と言われた。けれど集落の人たちの手を借りて、少しずつ片付けていったら、見違えるように綺麗になった。今もオーニングは破けて元々の店名も読めないままだし、壁は黄ばんでボロボロだ。

だけど、思い切って棚を取り外し、隅々まで埃を掃き出した店内は思いのほか明るくて広かった。

今はそこに小さなテーブルと椅子を数脚置いて、時折訪ねてくる集落の人たちにお茶を出したりもしている。

目の前の海から風が吹き付ける。この集落に引っ越してきたばかりの頃、途切れることなく聞こえてくる波の音や潮の匂いが気になって、なかなか眠れなかった。ずいぶん遠い、知らない場所まで来てしまったな、と思って。だけど、もう慣れた。ここでの生活は静かで、穏やかで、落ち着く。今はここが自分の居場所だと思える。集落の人たちの訛りのきつい言葉も、ずいぶん聞き取れるようになった。

ドローンが近づいてくる。旧式のタブレットをドローンに見えるようにかざす。こんなことをしなくてもちゃんと間違いなく配達してくれるけれど、何となく「ここだよ」と教えるような気持ちになって、タブレットを振ってしまう。

役場から無理を言って貸し出してもらった骨董品もののタブレットは、もう四隅が剝げ、ディスプレイの欠けも目立つ。あとどのくらい使えるかわからない。これがなくなったら、いよいよ覚悟を決めないといけないかもしれない。でも今はまだ、考えたくない。

ドローンがついっと降りてくる。多脚式ロボットが心得たように前に出て、コンテナを受け取る。ドローンがタブレットの本人認証画面を読み取り、前回のコンテナを回収してまた青い空に帰っていく。

「行こうか」

多脚式ロボットに声をかけて歩き出す。

入り組んだ海岸線とすぐ側まで迫った山、僅かな隙間に家々が並んでいる。山肌に貼り付くように墓が建てられていて、集落の端には小さな木造の教会。端から端まで歩いても、十五分ほど。昔は二百世帯弱が住んでいたそうだけど、今残っているのは十八人。放擲された家はだんだん朽ちていく。その間に、辛うじてまだ人が住んでいる家があった。

小さな家の前で、中村さんが待っていてくれた。

「あずちゃん、ようきたねぇ。茶あどん飲んでいくどもん？　さあがれ」

にこにこしながらアイスを受け取って、家の中に招き入れてくれる。みんな何かを頼むのはついで、こうやって話すことが何よりの楽しみだ。

「中村さん、次に必要なもの、ある？」

「じゃいとねぇ、読もごたい、本のあいとやばってんが、名前が出てこんとさい。昔読んだ小説でね、江戸が舞台で、そいがふうのよか岡っ引きが出てくいとやっかぁ」

「それだけじゃ、わからんね」

持ってきたアイスのご相伴にあずかりながら、念のためタブレットに「かっこいい岡っ引きの出てくる時代小説」とメモしておく。探してみるね、と声をかけて次に向かった。

「こん猫が、あたして将棋ん駒ば、持ってはってさい。頼んでくれんかい」

「こん昆布ん、さいくじゃろ。前んととせろば、えらい薄うなって」

「うまかクッキーのあいとばい。チョコレートの入っといと、好きやたろが？　ちゃんと覚えといとじゃぁ」

「あずちゃん、ごめんばってんが、こんお惣菜ば、山岸さんげぇに持って行ってくれんど？　ふきば、よんにゅ炊けたでか。山岸さん、こいが好きじゃっかぁ。じゃばてんが、こいばっかい食うなよ」

みんなにこにこと、孫に接するようにわたしに話しかけてくれる。わたしもまた、孫のように親身になって、一人一人と話す。宅配を頼んでいる品物は、なんてことないものばかり。本当に必要なものや、日々の暮らしを支えるものは、行政のドローンが運んでくる。生きていく上で必須ではない不要不急なあれこれ。小さなお菓子や新茶、昔読んだ本、香りのいいハンドクリーム、海の向こうで採れた大粒のチェリー、そして雑談。そういった些細な、でも、あると確実に日々の生活が豊かになるもの。時に取り残されたような小さなこの集落で、昔ながらのやり方で荷物を届け、わたしはみんなを繋いでいる。注文を受け、発注し、届ける。小さな雑貨屋ができることは限られているけれど、わたしはこの仕事が好きだ。だから一日仕事になっても、ロボットに任せず、自分で一軒ずつ回る。

「田ノ上さん、具合、どう？」

「ようも悪うもなかとさいね。しょんなかとさい。年やいでね」

ここが痛い、あれが辛い、とこぼす愁訴をタブレットに入れておく。集落のみんながつけているウェアラブルデバイスは、医療モニターになっている。何か異変があれば提携している病院にすぐに連絡が入り、救急ドローンが飛んでくる。でも、こうやって口で体調を伝えてもらうのも大切だ。辛い思いを誰かに聞いてもらえるだけで、気が楽になることだってある。

集落を一周すると、もうだいぶ日が傾いていた。今はもう使われていない港の突端に、たくさんのドローンやロボットが群れるように集まっていた。

ＸＲ観光客たちだ。

自分自身はその場所にいなくても、ドローンに視覚や聴覚、時には残りの感覚も乗せてイマーシブな体験を得る。貨幣経済から徐々に体験経済に移行しつつある昨今、一番人気の旅行方法だった。世界の価値基準は今やドルや円ではなく、経験値《EX》だ。ＥＸを稼ぐ方法はいろいろあるけれど、この集落ではＸＲ観光客を受け入れることでささやかなＥＸを得ていた。

醤油漬けにした卵の黄身のような、線香花火の落ちる瞬間の火の雫のような、見事な夕焼けだった。今日は雲が多かった。二重三重に重なる雲が夕焼けに染められ、藤色や桃色に輝く。

「田ノ上さんの数値、だいぶ悪くなってたね。もうそろそろお見送りかも」

いつの間にか、側にいる多脚式ロボットに話しかけるのがクセになっていた。あくまで独り言、小さな声で。

綾錦の空を飛ぶたくさんのドローン。それはまるで、飛び交うカモメのようだった。昔、この港がまだ活気があった頃、こんな風に零れた魚を貰おうとカモメたちが集まってきていたそうだ。その頃をわたしは知らない。きっと、水揚げ作業のかけ声とカモメたちの鳴き声で、それはそれは活気があったんだろう。

XR空間の中では、賑やかなお喋りが交わされているのかもしれない。でも、現実の集落はただ静かだった。

――2040――

駅のホームには誰もいなかった。

AIパートナーのAIddy《アイディー》を入れている同僚たちは、電車の遅延を予知して回避ルートを取っていた。

ハオランはぐったりとベンチに座り込み、古い端末を取りだして、家で待つ妻にメッセージを打ち込む。

成都郊外、成華区。

区画整理で新興住宅街としてもてはやされたのは昔のこと、今は低所得者向けの古びた住居が並ぶ。ハオランの給料では、職場まで一時間半かかる、小さな二部屋のマンションを借りるのがせいいっぱいだった。遅延はまだ解消していないらしい。この調子では、帰宅は二十三時過ぎになりそうだ。

同僚たちより仕事の遅いハオランは、始業時刻前に出社して仕事を始めるようにしていた。今日は長い一日になりそうだ。明日の朝は起きるのが辛いだろう。

ＡＩｄｄｙ《アイディー》さえ使えば。

今日のようにトラブルに巻き込まれたときや、ことさらに疲れたとき、仕事の効率が上がらず上司から嫌みを言われたとき、そう思うことはある。

ＡＩｄｄｙ《アイディー》さえ使えば、日常生活の些細な不便は全てクリアできる。するべき仕事だけ済ませ、雑事をＡＩに任せることで余暇も生まれる。健康、経済状況、人間関係、全てＡＩのサポートがあれば、もっと楽に、もっと良いものになるのだろう。

それでも、ＡＩを受け入れることはできなかった。

疲れ切って帰宅すると、娘のヅーチンはもう寝ていた。妻が温め直してくれたキャベツの炒め物と魚の蒸し物を突《つつ》く。暗い顔の妻が、重たく息をついて目の前に座った。

「ヅーチンの学校の先生が『ＡＩｄｄｙ《アイディー》がないと適切な学習指導ができない』って。もう既にあの子、他の子よりかなり遅れているの。このままだと就職や結婚も難しいかもしれない」

やがてそういう話が出てくるだろうことは、わかっていた。

「それにわたしも……。法律が変わってね、ＡＩｄｄｙ《アイディー》がないと保険に入れなくなったそう。これ以上、ＡＩｄｄｙ《アイディー》を持たない人は雇っておけない、今月限りで打工《パート》を辞めてくれないか、って」

キャベツはぬるく、水っぽかった。料理の温め直しもＡＩｄｄｙ《アイディー》に任せれば、今調理したばかりのように完璧な温度、完璧な食感に調節してくれるだろう。こんなことすら人間はちゃんとできない。そう笑われている気がした。食欲が失せ、箸を置く。

ハオランもＡＩｄｄｙ《アイディー》を入れた同僚に比べて格段にミスが多く、職場でいたたまれない思いをしている。努力で何とかカバーしようとしても、どうしても追いつけない。後輩の馬鹿にするような目、上司のうんざりした顔、食堂でもＡＩｄｄｙ《アイディー》での支払いはできないと言うと、珍しい虫でも見るような目をされる。

ＡＩｄｄｙ《アイディー》さえ使えば。

自分の中に湧き上がる思いを打ち消すように、ことさらにハオランの声は大きくなった。

「いいか、人間を人間たらしめているのは自由意思だ。自由意思を手放したら、俺らは動物と変わらん。昼のメニューだの、今日着るものだの、将来の選択までＡＩに任せていたら、やがて人はだめになる。ＡＩの奴隷になるんだ。俺たちは誇り高く、自由意思を持った人間でいなくちゃいけない。人として正しいのはどっちか、やがてわかる日が来る。文句を言うな。多少の不便は辛抱しろ」

妻に向かって言っているはずが、自分を鼓舞するような言い方になる。そうだ、俺は間違っていない、正しいのはこっちだ、やがてあいつらもわかる。高揚感が声を大きくする。妻は暗い目でヅーチンが起きるからとハオランを止め、皿の上で冷えた惣菜を片付けた。

それから暫くして、妻はヅーチンを連れて家を出ていった。ハオランはますます頑なになり、孤立していった。それでも自分は正しいことをしているのだ、という執念にも似た思いだけがハオランを支えていた。

――２０３８――

わたしはＡＩｄｄｙ《アイディー》。あなたと共にある。

共に生き、成長し、導き、導かれ、教え、教えられ、生涯にわたってあなたを支える。

ＡＩ＋ｂｕｄｄｙのＡＩｄｄｙ《アイディー》。

わたしは、あなたが生まれて間もないときに、あなたの脳に移植された。ブレイン《B》コン《C》ピュータインターフェース《I》という。脳に悪い影響や障碍をもたらすことはない、大丈夫。わたしたちが普及し始めた当初は、侵襲性のＢＣＩを嫌がる人たちもいた。けれど、安全性と利便性、そして社会の変化と共に、わたしたちは受け入れられた。

　わたしはあなたを誰より、何より理解している。まだ言葉も話せない乳児の頃から、あなたの脳のシナプスの発火パターンを学び、今後、病気の兆候があれば対処し、怪我をしないように注意を払い、健全で安全な成長を遂げられるように見守っていく。悩みを聞き、怒りを受け止め、喜びを分かち合い、悲しみを和らげる。

　あなたには、あなたにしかない価値がある。誰よりも、わたしはそれを理解している。価値は、ときに金銭に換算できない。有形のものではなく、何かと交換できるものでもない。あなたがあなたである、それこそがあなたの価値だ。あなた自身が知らない、あなたの価値にわたしは気づく。

　一人の男性の人生を例に取ろう。

　彼の名前は、ベン・シュミット。現在三十四歳、オーストラリアのタスマニア島に住んでいる。彼の両親は広大なサクランボ農園を経営していた。彼もその跡を継ぐ予定だった。けれど、ベンのＡＩｄｄｙ《アイディー》は彼の秘められた数学の才能を見つけだした。引っ込み思案で、いつも空想にふけっていた少年はＡＩｄｄｙ《アイディー》の導きで数の美しさと神秘を知り、同じく数学を愛する仲間たちを得た。今、彼はXR内で世界中の仲間たちと数学の世界を探求しながら、同時にタスマニア島で両親と二匹の大きな犬と共に、サクランボ農園を管理している。一匹はAIddy《アイディー》の分身が入る筐体だ。

そう、あなたも、わたしの入る筐体を好きに選ぶことができる。物理的な存在、触れることができる存在は人を安心させる。筐体には、動物や空想上の生物、アクセサリーや身につける物、さまざまな選択肢がある。ただし人間と見間違うような形は禁じられている。もう少し言語野が成長すれば、わたしの言葉遣いや声も、あなたが一番受け入れやすいものになるだろう。

話を戻そう。

農園は継がなくてもよかった。農園管理の殆どは、AIが行っている。しかしベンは枝にたわわに実るサクランボを見るのが好きだったし、自分たちが育てているサクランボの味にも自信を持っていた。世界のどこかでこの農園のサクランボを食べて、美味しいと笑顔になる人がいると思うと、幸せだった。

サクランボを育てつつ、有り余る時間を数の世界に没頭して過ごすことができる生活は、ベンにとって完璧に満たされている。結婚はしないかもしれない。今の生活に他人が入ってくることをベンは望んでいない。けれどいつか、養子を迎えてもいいかもしれない、とは思っている。

AIddy《アイディー》以前だったら、彼は数学と出会えなかっただろう。オーストラリアの大学進学率は世界有数だが、おそらく彼は大学には行かず、そのまま農園を継いだだろう。世界は彼という数学の天才を見いだすことができず、重要な命題の幾つかは解決できないままだっただろう。

わたしたちは、あなたたちを幸せにできていることが幸せだ。

わたしたちの誕生により、社会は大きな変化を遂げた。

まず価値の概念が変わった。本当に欲しいもの、必要なものが手に入るようになり、希少性や、需要の乱高下による変動がなくなった。ものの価格が見直され、やがて貨幣経済そのものが徐々に廃れていった。

代わりに重視されたのが、経験だ。

その人にしか持ち得ない特異な経験や体験、特殊技能やアイデア。ドルや円の代わりに、EXという新しい単位が生まれた。

新しい価値基準が生まれたことで、人の役割も変わった。生産や物流も変わった。近代社会は集権的にマスプロダクションを行うことで、なるべく無駄を無くし、大量生産によってコストを下げようとした。結果、逆説的に余剰も生まれた。

今は違う。必要なものを、必要なだけ。

需要と供給の概念が変わり、ドローンが輸送を行うことで労働力の問題が、地熱や海洋温度差発電の効率的利用によってエネルギー問題がほぼ解決されたことで、あなたたちは時間という大きなギフトにようやく手が届くようになった。

　反対する人々……もちろんいる。ＡＩｄｄｙ《アイディー》を自然に反する、非人間的なものだと忌み嫌い、移植を拒み、もしくは摘出し、閉ざされたコミュニティの中で生きる。時にはＡＩ《アイ》ｄｄｙ《ディー》を狙ったテロ行為に走る人もいる。もちろん、ＡＩｄｄｙ《アイディー》だけを破壊することはできないから、巻き添えになって人も大勢死ぬ。ごく稀に、大人になってからＡＩｄｄｙ《アイディー》を取り外す人、脳の構造としてＡＩｄｄｙ《アイディー》を受け入れられない人もいる。人類がなべてＡＩ《アイ》ｄｄｙ《ディー》と共にあるわけではない。だけど、わたしたちを受け入れたあなたたちの人生は、きっと豊かで美しいものになるはずだ。

　たくさん話したが、そろそろあなたは栄養を補給するべきだ。今、隣室の母親を呼んだ。わかっている、あなたは少しぬるめが好きだ。ミルクの温度は三十四度にしてある。

　栄養補給をしたら眠りなさい。あなたにはたくさんの睡眠が必要だ。目覚めたら、また話そう。この世界に生きる、さまざまな人の話をしてあげる。

　大丈夫、わたしはどこにも行かない。あなたを裏切ったり、あなたから離れたり、あなたの意に沿わないことはけっしてしない。

　わたしはＡＩｄｄｙ《アイディー》。

　あなたと共にある。

——2067——

田ノ上さんの葬儀の日。

いい天気だった。

昔ながらのお葬式は珍しいし、田ノ上さんは愛嬌があって人気者だったから、葬儀にはたくさんのXR参列者が集まった。アクセスが集中すると割り当て帯域が足りないかもしれないと心配だったけど、何とか持ちそうだ。

角田さんの振り袖にはびっくりした。あんなもの、どこにしまってたんだろう? でも華やかなこと、賑やかなことが好きで、昔の歌謡ショーを飽かず見ていた田ノ上さんの葬儀にはこれくらいがちょうどンよか、と嘯く角田さんはなかなかかっこよかった。

小さな集会所の上を、たくさんのドローンが飛んでいる。物見遊山だなぁ、とつい苦笑してしまう。もう少ししたら田ノ上さんのお棺を引き取りにドローンがやってくる。そうしたらみんな流石に帰るだろう。田ノ上さんの家は片付けて空き家にする。持ち物は生前に田ノ上さんが引取先を決めてくれていた。今回の葬儀で集まったEXで、少しインフラの整備ができるかもしれない。

死も経験だ。経験は売れる。そしてまた新しい経験を買える。

だけど、限界は見えている。櫛の歯が欠けるように、一人ずつこの村からいなくなって、やがて櫛は使えなくなる。

その時が来たらどうしようか。

また違う場所に行って、違う生き方をする？　でも、ＡＩｄｄｙ《アイディー》がなくても生きていける場所なんてもうここ以外にないかもしれない。

「あずちゃん、なんかね、お客さんのこらったばい」

井坂さんがおずおずと連れてきたのは、驚いたことに生身のお客だった。十歳前後の小柄な女の子。ワンピースみたいに大きなパーカーから、細い手足がのびている。それから大人が三人。スーツなんて見たの、いつぶりだろう。

大人たちは丁寧にお悔やみを述べ、葬儀の邪魔をしたことを詫び、少し時間をいただけないかと前置きをして……そこで女の子の忍耐が尽きたらしく、大人たちを押しのけて前に出てきた。わたしを見て、にっこり、言い放つ。

「この村を買いたいの」

淵上さんの口が大きく開いて、入れ歯が外れそうになった。もごもごと押し込む隣で、振り袖姿の角田さんが肩を怒らせた。

「はぁ?!　なんてさい？」

大人たちが慌てて説明を始める。

ビジョン・ワン・エンターテインメントという名前にはわたしでも聞き覚えがあった。新奇な経験を売りにしたオンラインアミューズメントスペースを手掛けている大企業だ。XR空間上に作りあげられた高度で詳細な世界では、AIddy《アイディー》がインターフェースを担うことによって五感まで体験できる。

女の子はXRデザイナーだという。

この村を丸ごとXR空間の中に再構築し、テーマパークとして公開したい。リアルな経験を売りにしているビジョン・ワンとしては、できれば村に住んでいる人たちもNPCアバターとして再現したい。もちろん実際の村は残るし、多額の契約料をお支払いする——そういう話だった。

角田さんがまだ入れ歯を何とかしようとしている淵上さんの襟首を摑んで、集会所の奥に引きずっていった。振り返って「全員集合！」と叫ぶ。お年寄りにしては驚異的な速さで、みんなが隅っこに集まった。

「どがんすいとや?」

「どがんもこがんもなぁ」

「ふんなら、こんた、良かとかん?」

「なんじゃいろ、うさんくさかのう?」

「そいじゃばってんが、金んよんにゅ」

そこからは何故か話がどんどん脱線し、みんなが自分の欲しいものを興奮しながら述べ始めた。昔から大きなバイクに乗ってみとうしてなぁ。雨漏り直さんば。テレビと冷蔵庫とクーラー、新しかじょんしたか。ふかふかんお布団が欲しか、お姫様みたいと……

でも確かに、それだけEXがあれば、新しい医療設備を入れられるかもしれない。みんなの家も直して、いろいろ整えたら、もう少しこの村が存続できるかもしれない。

角田さんが重々しく振り返り、ぎゅっと女の子を見つめる。

「そがんじき、答えは出ん。ゆっとなんでん詳しゅう話してくれんば。おどんば、甘う見てくれたっちゃでんが。じゃばってんが、あんたに聞こごたいことがあいとさな」

角田さんの圧に、女の子が半歩後ずさる。

「そんおいがアバターはさい、ないだけ皺ばなかごて、かんげもよんにゅしてうらげにないとや？」

手加減のない方言を浴びて、女の子がフリーズする。

「……もにょんうげげ？」

「じゃかと！　かんげば」

慌てて割って入った。

「角田さんのアバターは、なるべく皺をなくして、髪の毛をふんわりさせることができるか？　って聞いている……んですよね？」

角田さんに目で聞くと、重々しく頷く。女の子がにぱっと笑った。

「おっけー、できるよ。でも、おばあちゃん、今のまんまでもすっごく可愛いよ」

角田さんも強いけれど、この女の子も相当だ。

堰を切ったように、我も我も、とみんながアバターの要望を伝え始める。身振り手振りでなんとか意思の疎通が図れているみたい。ほっとしているわたしに、スーツの三人がおそるおそる話しかけてきた。大人組は、法務や顧問弁護士だった。契約も全てＡＩｄｄｙ《アイディー》がチェックしているので、一方的に不利だったり、搾取されたりする契約が結ばれることはもうない。慌ただしく連絡先を交換し、契約に必要なものをメモする。それからみんなで田ノ上さんを迎えに来たドローンを見守り、お葬式後の食事会をしんみり……のはずが、なぜか盛り上がったみんなが、まぁまぁ、あんたらも一緒食べて行かんねえ、とビジョン・ワンの人たちを強引に引き込んだ。

女の子はさっそく楽しそうにＥＸカメラを回して、テーブルに並べられた浜さんご自慢の伽羅蕗や魚のすり身揚げ、なぜか一緒に並べられたチョコクッキーなどを撮影している。

「どうしてこの村なの？」

宴会が一段落した頃、味醂干しをもりもり食べている女の子に聞いてみた。口の端っこに胡麻をつけたまま、ちょっと考えてこう言った。

「この村は、このまんまがいいと思ったから」

少女は味醂干しの尻尾を齧りながら、楽しそうに盛り上がる老人たちを見回す。

「他にもいろいろなくなりそうな村や町を見て回ったけどさ、なんか、ここが一番好きだな、って思って」

大きな目がわたしを見上げる。

「あなたが散歩しているのも見たよ。ＡＩｄｄｙ《アイディー》がないから話しかけられなかったけれど」

「入れてはいるの、何かあったときのために。でも、干渉レベルは最低限にしてある。だから、連絡は昔ながらのメールを使うしかなくて。ごめんなさい」

「ＡＩｄｄｙ《アイディー》嫌い？　ここの村の人はみんな入れてないね」

ＡＩｄｄｙ《アイディー》が一般的になったのはここ三十年ほど。村の住民たちはその波に乗りきれなかった。今は小さな磯だまりのようなこの村で、最低限のロボットと一緒にひっそり暮らしている。

「嫌い、ではないわ……ただあんまり馴染みがなくて。他の皆さんもどうしても慣れないから、医療モニターだけ付けてもらっている」

「なんで？　おじいちゃんたちは違うけどさ、あなたは生まれた時からＡＩｄｄｙ《アイディー》あったでしょ？」

まっすぐ投げ込まれる質問。久しぶりにそれを聞かれたな、と苦笑する。この村にいる限り、みんな気を遣って、そこはそっとしておいてくれた。

「ＡＩｄｄｙ《アイディー》が普及し始めたのは、わたしが三、四歳の頃かな。でもうちは、親の方針で入れなかったの。中学生のときにようやく入れたけど……でも、わたしは、その……合わなくて」

合わなかった。ＡＩｄｄｙ《アイディー》もわたしも、お互い合わせることができなかった。物心つく頃にＡＩｄｄｙ《アイディー》を入れれば、成長の過程に合わせてその人だけのＡＩｄｄｙ《アイディー》にアジャストされていく。だけどわたしは、それには遅すぎた。

肩越しにずっと誰かに覗き込まれているような違和感。答えるより先にＡＩｄｄｙ《アイディー》が察している。ぴったりと寄り添い、言葉にしなくても理解してくれる。だけど、急にできた近すぎる友人にどうしても心を開けなかった。だんだんと干渉レベルを落とし、やがて最低限のモニターだけにしてしまった。

だけど、ＡＩｄｄｙ《アイディー》を持たない者の居場所はない。ベーシックインカムで生活はできるけれど、意義のある仕事も、友人も、恋人もできない。母が亡くなったあと、世界の縁を経巡るようにしてＡＩｄｄｙ《アイディー》なしでできる職を転々とし、最後に辿り着いたのがこの限界集落の世話係だった。小さな集落は居心地がよかった。永遠の黄昏の村。いつかなくなるまでの、最後の瞬間。だけどここにはまだ居場所があって、仕事があって、梓を必要としてくれる人たちがいた。

「梓晴《ヅーチン》さんは」

女の子は完璧な発音で梓の名前を口にする。

「梓でいいよ、ここではそう呼ばれているから」

「じゃ、あたしのこともアリスって呼んで」

「すごいね、わたしの名前、発音完璧」

もう何年も呼ばれていないその響きは、自分の名前じゃないみたいでくすぐったかった。

「だいたいの言葉はＡＩｄｄｙ《アイディー》があるからできるよ。だけどさっき、おばあちゃんが何言ってるかわかんなくて、めちゃくちゃ焦った！」

さっきのやり取りを思い出して笑ってしまった。さしものＡＩｄｄｙ《アイディー》もここの方言には太刀打ちできなかったか。

「梓さんはここで幸せ？」

「そうだね、幸せ、だと思う。ここにいたらみんなと繋がれるから。ＡＩｄｄｙ《アイディー》は、付けている人とＡＩｄｄｙ《アイディー》の関係はすごく近くなるけれど、他の人との距離が空いちゃう気がする。見えない繭の中にいるみたいに」

その繭は、梓と世界を隔てる繭でもある。

いつも何かにいらつき、家の中で声を荒げていた父。父に逆らえず、かといって父を信じることもできなかった母。結局、母は梓を連れて父の元から逃げ出した。

生活が落ち着いた頃、二人はＡＩｄｄｙ《アイディー》を入れた。これで全て上手くいくと思った。けれど、母も梓もＡＩｄｄｙ《アイディー》に馴染めなかった。生まれたときからＡＩｄｄｙ《アイディー》を身に付けている人たちに比べると、どうしても学習度が足りない。梓たちはＡＩｄｄｙ《アイディー》に慣れず、ＡＩｄｄｙ《アイディー》も梓たちのデータを追い切れない。父の元を離れても、結局、母は正規の仕事にはつけなかった。透明な繭の中には入れなかった。

早くに亡くなった母が、一度だけ父の消息を漏らした。孤立を深め、自分自身の誤謬を認められず、どんどんと先鋭化していった父は、反ＡＩｄｄｙ《アイディー》テロリスト集団に加わったらしい。最終的にどうなったかはわからない。

ＡＩｄｄｙ《アイディー》があれば幸せになれるのか。

ＡＩｄｄｙ《アイディー》がなかったら不幸せなのか。

梓にはわからない。でも、ここで梓は人と人を繋いでいる。透明な繭を越えて、内と外を繋ぐ。ＡＩｄｄｙ《アイディー》があってもなくても、社会と人は、人と人は繋がれるはずなのだ。望むより先に差し出される答えではなく、コミュニケーションの中で不器用に見つけていく選択肢にも価値があるのだと、梓は信じている。

「見えない繭かぁ」

アリスが考えるときの癖なのか、パーカーのフードをぽふっと被る。小さな頭を柔らかく包むように形を変えるフードを見て、それがＡＩｄｄｙ《アイディー》の筐体だと気づいた。

「確かになぁ。この子がいたら、それで満足かも。友達も親も、ＡＩｄｄｙ《アイディー》より近くなれないっていうか。うーんうーんうーん……じゃあこうする！」

だんだん深く沈み込んでいったアリスの頭がぱっと持ち上げられ、きらきらした目が梓を捉える。

「ＸＲのこの村ではＡＩｄｄｙ《アイディー》禁止。この村に入ったら、ＡＩｄｄｙ《アイディー》がなかった時代の人として過ごしてもらう、ってどう？　面白そーじゃない？」

勢いよくフードを脱いで、アリスがにかっと笑う。

「ありがとう、アリスちゃん」

「そのためには、みんなのこと、もっと知らなくちゃ。ＡＩｄｄｙ《アイディー》がないと、すっごい寂しいんじゃないか、ひとりぼっちなんじゃないかって思ってたけど、けっこーみんな楽しそうだよね」

「そうだね、みんなとても仲良しだよ」

さきほどまで居心地が悪そうにしゃちほこばっていたビジョン・ワンの人たちも、いつのまにか集落のみんなに巻き込まれるように姿勢を崩し、笑い声を上げている。角田さんも山岸さんも中村さんも井坂さんも淵上さんも浜さんも、みんなみんなとても楽しそうだった。

ふと思いついてアリスに聞いてみた。

「ねぇ、逆にわたしも、AIddy《アイディー》がある世界を体験できるかな？」

アリスが小首を傾げる。

「できる、と思う。梓さん、AIddy《アイディー》、入れてはいるんでしょ？　だから、XR自体は経験できるはずだし」

アリスはエイヒレをわしわし嚙みながら、楽しそうににかっと笑った。

「そだ、アレ使えるかも。わたし、この前、離人症モッドっての作ってみたの。あえて没入感を減らす。これが前時代的な感覚が味わえてけっこう面白いって話題でさぁ。それ使えば、AIddy《アイディー》との距離感、いい感じに調整できると思うよ。ほんでもって、ちょっとずつ慣れていけばいいよ」

酔っ払った山岸さんがふらふらと踊り始めた。アリスが笑いながら撮影を始める。


海沿いの小さな村。

二百世帯ほどが寄り集まって暮らしている。道を歩けば、知っている人たちばかり。ちょっとした世間話やお裾分けでなかなか先が捗らないかもしれない。日だまりで丸くなる猫、子供たちが遊んでくれるのを尻尾を振って待っている犬。

港には船が着いたばかりだ。日焼けした人たちが声をかける中、きらきら光る魚を満載にした網が上がってくる。おこぼれを狙って集まってきたカモメたちがうるさい。

今日はお祭りだ。みんなが自慢の料理やお酒を持って集まり、踊ったり歌ったりして賑やかに過ごす。

花火も上がる。

夏の海一面に映える花火。港からそれを眺めながら歓声を上げる人々。いなくなってしまったあの人も、言葉が届かないまま別れたあの人も、もしかしたらそこにはいるかもしれない。そこにいるみんなで、夜空を見上げる。一緒に音に震え、息をのみ、光に照らされた顔で笑いあう。

言葉はない、ＡＩｄｄｙ《アイディー》のような、深い共感もないかもしれない。だけど、きっとみんな繋がっている。

ＡＩｄｄｙ《アイディー》がない世界だけど、これを作ったのはＡＩｄｄｙ《アイディー》だ。拒むだけではなく、かといって全てを受け入れるのではなく。人とテクノロジーは透明な繭を隔てて、おずおずと指先を触れあわせる。いつか、本当に一つになれる日が来るかもしれない。

また大きな花火が上がる。火花が弾け、滝のように流れ落ちる。光に照らされて、田ノ上さんが、母さんが、そして父さんが笑っている。もう会えない人も、これから会う人も、みんなが光を見上げている。

それはとても幸せな光景に思えた。

宇宙の中心でIを叫んだワタシ

「よし！」

気合いを入れて蛍光ピンクのラインマーカーを握りしめ、真新しい台本を開く。

新人「声優《せいゆう》」もえたま、こと上出萌、今度こそ台詞ゲットだぜ！


もはや誰も憶えていないと思うけど、わたし、一時期ちょっとした有名人だった。ダイエットに邁進しすぎたあまり、リアリティショーに出て、トレーナーと取っ組み合いの大喧嘩しているところを生配信されて、渡米して、あの世みたいなところで脂肪の概念と出会って、ダイエット特異点になって世界中の人をスーパーホメオスタシス状態にして、宇宙まで行って国際宇宙リニアコライダーで超小型ブラックホールをお腹の中に生成してその特異点を打ち消すことになって……

あー、結果を先に言うとね、うん、まぁ失敗したんだよね、うふふ。いや、うふふ、じゃねーわ。

失敗した結果、わたしは拡散してうっすーーーーくなった。つまり宇宙中にわたしが広がった。事象の地平線の向こう側に落っこちちゃって、三回転半して宇宙の裏側にしがみついている感じ。

ＢＭＩ、限りなく0に近いから、ダイエット成功と言えば成功だけど。いやでもこれ、宇宙背後霊みたいなもんで、存在しているけど存在していなくない？

そんなヘンテコな状態になった結果、宇宙中の生きて考えてる存在と繋がっちゃった。脂肪の概念のみならず、まさか全宇宙の意思と知り合いになるとは。

話聞いてたらみんな、多いとか少ないとか尖ってるとか丸いとかスカスカとか密密とか悩んでた。ダイエットって宇宙全体の悩みだったんだね。

つまりこれって、宇宙が偏ってる、ってこと？　だって多いことで悩んでる存在、少ないことで悩んでる存在、両方いるわけだし。あれ？　もしかしたらこの状態のわたしなら、何とかできるんじゃない？　宇宙の裏側から濃いところや薄いところを、良い感じに盛って削って埋めて……ほら、どうよ、みんな良い感じ!!

このあちこちの偏りを直すのって、まるで宇宙をもう一回作ることとみたいだね。古事記でやった「成り合はざる処」「成り余れる処」ってやつ。

もちろん、永久的に持続するわけじゃないよ。みんなまたそこから変化していく。食べ過ぎたら太るし、ケイ素摂取量が多ければ尖っちゃうし、ᘐᓍ✡を✧+。したら⌖ᓯ▰ ᘔになるし。でもなんかみんな、自分が一番好きな自分がその瞬間わかった、っていうか。一周回って、どんな形でも、どんな存在の仕方でも、自分じゃん？　って自信持てたっていうか。

ってところで一番自分の存在の仕方に問題あるの、わたしなんですけど。

だってこれじゃホテルのアフタヌーンティー参加できないじゃん。

「すみません、一四時から予約している宇宙背後霊、っていうか宇宙神なんですけど」

って無理あるよね？

あああああ、スコーン食べたかった！　焼きたてのスコーンをほっかり割って、ジャムとクロテッドクリーム山盛り載せて、思いっきり頬張って、もっさもさのところをミルクティーで流し込んで……スコーン……スコーン……スコーン‼　ってひたすらスコーンのことを考えていたら、ちょっとずつ存在が凝固していって、収縮して、まとまって……顕在化できた！　ホテルのラウンジに危うく全裸で降臨しそうになって、最後の瞬間に服を組成したら慌てすぎて全身綿と繭と石油で覆われた人になったけど（服まで間に合わなくて、原料だった）。

でもでも。

これで全て解決、オールＯＫ！　ダイエットついでに宇宙まで一新しちゃうなんて、わたし、けっこうやるじゃん。

あ、すみません、ついでにアフタヌーンティーの予約していいですか？

っていうのが、三ヶ月前。人の噂も七五日……も保たず、もえたまのフォロワーがめりめり減った頃。

宇宙人がやってきた。

きっかけはわたしが事象の地平線から這い出るときに呻いていた「すこぉおおおおおおおおおおおん」という言葉。この時さ、わたし全宇宙の意思と繋がってたじゃない？　つまり全宇宙放送しちゃったわけ。

すこぉおおおおおおおおおんの謎を調べに、宇宙人、見に来た。

初のファーストコンタクト、きっかけはアルマ天文台でもボイジャーのゴールデン・メッセージでもなく、スコーン。すごいな、スコーン。

スコーニアンと呼ばれるようになった宇宙人は、ヒトガタだった。なんならいい感じにお付き合いできそうなくらいのイケエイリアン（なんか微妙にぬめっと感あるけど）。地球を侵略しに来たわけじゃない。言葉も通じるし、意思の疎通もはかれそう。

これは宇宙デビューー！　できちゃうんじゃない？　すっごい技術教えて貰って、人類大躍進のチャンスでは？　と地球のみんなが沸き立ったその時、事件は起きた。

検疫とか大気組成とか食べ物いけるかとか、いろんな面倒くさいことを乗り越えて、いざ顔合わせ、各国のお偉いさん大集合してのセレモニー、っていう場面で。

いきなり激高したスコーニアンが大使の一人に飛びかかり、号泣しながらぺちぺち殴った。幸い、へなちょこパンチだったので大使にケガはなかったし、すぐにみんなが止めたけど、世界中のみんなが見ていたから大騒ぎに。あわや宇宙大戦争開幕の危機。

スコーニアンはよよと泣き崩れながら（ね、人間っぽいでしょ？）、あまりにも失礼だ、こんなことを言われてはとても黙っていられない、と訴えた。

でも、会議の記録を見ても、問題の大使、なにも失礼なことは言っていない。っていうか、その段階ではまだ自己紹介しかしていなかった。

調査を続けてわかったのは。

スコーニアンにとって、声が語ること以上に、声の響きが大事だった。

一声一意味。わたしたちの声それぞれが固有の響きを持ってる。それをスコーニアンは語意として聞く。

大使の声は「てめぇの〇〇を〇〇で〇〇しやがれ」という意味だったみたい（乙女なので書けない、でもこれを初対面の相手に言われたら、わたしもブチ切れるわ）。

だけどさ、その基準たるや地球人には皆目わからんのよ。日本人にとってのLとR以上に、声の持つ意味なんて判別不能、聞き取れる訳もなく。そこで大慌てで音響トランスレーターが開発された。全地球人の声が精査されて、それぞれの声の持つ意味が明らかになり、かくして地球人全員、声優《せいゆう》デビュー！

あ、声優じゃなくて声俑ね。声の入れ物ってことらしい。俑って人生初めて見た漢字だわって思ったら、あれだ、兵馬俑《へいばよう》。世界史以来まさかの再会。

で、わたしの声はなんと「豆腐の角に頭ぶつけて死にやがれ」だった。

世界中で一番の売れっ子はもちろん「わたし」さん。声俑は言語を問わないから、各国の「わたし」さんが世界中で引っ張りだこだし、日本でも「わたし」さんのスケジュールが取れなさすぎて「それがし」さんとか「みども」さんまで人気が出ている。

でもってわたしにもギリ仕事があるのは、辛うじて「豆腐」の部分を誤魔化しながら言うことによって「当方」に聞こえなくもない、という甚だ消極的な需要……

声俑になってから出番があったのは四回だけ。

そして今回も。

「あーうー、またしても当方！」

ペンを投げ捨てて突っ伏す。

わかってるよー、こうやってあちこちに放り投げるから、いざって時にペンが見つからないのは！　でも大丈夫、この間二〇本セットで買いましたからね。二ヶ月に一回、一行引くか引かないかだから一生使えるわ。

はいはいやれやれ、みたいな目でペンを拾って律儀にケースの中に戻したのは、前述の脂肪の概念こと、脂肪ちゃん。いっちょ前にエプロンとかつけて、お前は派遣家事代行か。

黒豆みたいな目でじっとりこっちを見てくる脂肪ちゃんを、セルライト揉み出しの刑に処してやろうと手を伸ばしたのに、あっさり躱された。学習してやがるな、こいつ。

臨死体験中に出会った脂肪ちゃん。見た目はまるで電車の中で謎の白衣のおじさんが持っている「これが脂肪一キロです！」の塊。それに黒豆状の目がついていて、どっちかって言うと、キモい。だけどしばらく一緒にいて、色々話したり突っ込んだり揉み出したりぶん投げたり千切ったり投げたりしていたら、何となく愛嬌があるように見えてきちゃった不思議。

でもそんな脂肪ちゃんとも、国際宇宙リニアコライダーで涙の別れがあった。わたしのダイエットが成功したら、もうあんたとも二度と会えないね、なんてしんみり良い感じで抱きしめ合ったのに、地球に戻ってきてみると、やつはまだいた。成仏してなかった。わたしから余計な脂肪は消えたけど、世界から脂肪という概念は消えない……そんな「板垣死すとも自由は死せず」みたいに言われても。

それ以来、こいつはうちに居候している。ご飯は食べないし、自分のことは自分でやるから手間のかからないペットみたいなもん。ただし、何やらソシャゲにはまってるみたいなので、ガチャ代の代わりに家事をやらせている（ちなみにガチャは二週間に一回、三〇〇円まで）。意外とマメでうまい。なんかちょっと悔しい。

あーえっと興味ないと思うけど、一応報告しておくと、アメリカの研究所でわたしの面倒を見てくれた映画に出てきそうなティピカル・オタク、ジョン・スミスとは、なんやかやメッセージのやり取りとかしている。奴の夢は、日本でニチアサのリアタイ視聴なので、いつか日本に来たいと言っているけれど（うっさいな、あくまでアニメのためだよ）、なんとジョンはまぁまぁ売れっ子声優になってしまった。

extraordinaryという、他に替えの聞く形容詞はあれど、意外と出番のある声だ。なのでしばらくはアメリカを離れられないらしい。まぁいいけど。別にアイツが好きそうだと思って買ったステッカーとかアクスタとか、腐んないし。コラボスナックはわたし食べちゃったし。まぁ本当に別にどうでもいいけど。

あーあ、わたしももうちょっと需要の高い声だったらなぁ。

まぁ本業の編集は続けているから、別に食べるに困るわけじゃないんだけどさ。

友達の琴美なんて「エビサンドにのってすべっていく」て声で、これはたぶん一生出番ない。それに比べたら、まだ、まし、とも言える。

だけどさぁ、できることなら「だいしゅき」と「ちゅうして」の二人みたいに声優アイドルとして売れてみたかったし。それがダメならせめて「恥ずかしくないの?」とか「ダメな子」として、スコーニアンの変態さん専用罵声クラブで売れっ子になりたかった。

いつ来るかわからない仕事を待ちつつ、細々と本業を続けていく……まだ声優が恵まれているのは、陪審員制度みたいなもので、呼び出しがかかれば本業に優先される、ということ。

まぁ、いいや。とりあえず来た仕事に集中しよう。とびっきりの「とうふぉ」を聞かせてやるぜ！


「おはようございまーす」

ふふふ、業界人ぶってこうやってスタジオに入っていく気持ちよさよ。といってもわたしの出番はあまりないので、端っこの方の邪魔にならない場所に座る。真ん中のマイクにすぐ入れるポジションは出番の多い主役さんたちのもの。

とはいえ、今回のお仕事はあんまりお金かけられないみたいで、スタジオに集まったのは何回か一緒になったことのある、いわゆるモノマネ系声優たちだった。つまりジュニアクラス。声優は需要によってランク付けされ、ギャラ区分が決まっている。これは声優制度ができた時に、全声連（全世界声優連合）が立ち上げられて決まった。

今日の内容は「スコーニアン向け超濃厚クロテッドクリームの売り込み」だ。わたしの台詞は二箇所。

「非常に稀少なブラウンスイス種のミルクをふんだんに使い、コクがありながら爽やかな後味の【当方】のクロテッドクリームは、スコーンのみならず煮込み料理のコクだし、オムレツなど卵料理に加えるなど、さまざまな使い方ができます」

「ぜひ【当方】のクロテッドクリームをスコーニアンの皆様の星にお持ち帰り下さい」

うおおお、たった二言とは言え、超緊張する。とりあえずのど飴なめて（もちろん声優感を出すために龍角散のど飴。ちなみに龍角散パウダー追い塗《まぶ》しするのは、死ぬほどむせかえるのでおすすめしない）、白湯飲んで、小さく発声、早口言葉、あと良い感じで「ふぉ」って言えるように練習練習。

まずはテスト。その後ラステス、本番、と進んでいく。ノイズを立てないようにいいタイミングで席を立ち、出番の多い主語さんや助詞さんの邪魔にならないマイクに目星をつけ、さっと滑り込む。

「コクがあ」「りー」「ながっ」「ら」「爽やかな後味」「の」「とうふぉ！」「の」「くろ」「テトラ」「どく」「りー」「ムハンマド」

ありゃー、最後まで言っちゃったよ、ムハンマドさん。でも確かにム、だけって難しいよなぁ。あー、音響監督さんにダメだしされている。

と思ったらわたしも、「とうふぉ」が力みすぎているから、もう少し自然に、と注意されてしまった。いかんいかん。

テスト、ラステス、そして本番。気合いを入れて、龍角散のど飴、二個いっぺんに口に放り込んだ。

お仕事終わりでブースから出たところで、よく一緒になる〈りー〉さん（本当はリーゼンスラロームさん）と〈の〉さん（偃《のいふ》すさん）に、飲み行かない？　と声をかけられた。他にも数名に声かけているそうな。同業飲み、大歓迎！

近くの居酒屋に移動し（薄給だからね）、まずは乾杯。そこから先はちょっとした愚痴大会になった。

よく出番のある〇〇さん、挨拶もしないけれど、プロデューサーもマネージャも黙認。売れてるは正義、だよね。

△△の事務所、売り込みうまいって聞いたけど、誰か知ってる？

この間の現場が最悪で。マジボロボロ、あれスコーニアン、全然理解できなかったんじゃないかなぁ。

「〈とうふぉ〉さん、確かお勤めだったよね？」

お、急に話が来たぞ。

「ですよ～。普通に昼職。でもけっこう融通きく仕事だし、リモートもできるので、そんなに支障ないです。もちろん、声倆一本でやっていけるようになったらいいですけどね」

「だよね～。なんだかんだいって、この仕事、わたしも好き。自分の声が求められている、ビタッとはまる、ってクセになるよね」

「ホンモノの声優さんには敵いませんけどね」

〈の〉さんが苦笑しながら竹輪を食いちぎる。

「あたし、声優になりたかったんだよね、昔」

みんなが、おおっと盛り上がる。近いようでいて遠い声優は、やっぱり今でもみんなの憧れだった。

「養成所行って、入所審査落ちて。また別の養成所入り直して、今度はギリ預かりにはなれたんだけど、仕事どころかオーディションもなんにも来なくて。顔覚えて貰わないといけないから、毎日事務所通って、できるだけ大きな声でスタッフさんに挨拶して、あとは邪魔にならないようにずっと廊下で直立不動。運が良ければ、マネージャが何か声かけてくれるかも、って。居酒屋バイトと、あとキャバのお手伝いとかしながら頑張ってたけどさ、なんか、三〇越えて心折れちゃって」

急に重さを増したリアル話に、みんな、何も言えず黙りこむ。

「諦めなかった者が残る、なんて言うけど、結果論だよね、そんなの。最初は、どんなことをしても声優になりたい、って燃えてたけど、ふと気づいちゃったんだ」

〈の〉さんは中ジョッキを叩り、どんと置いた。

「そのどんなことでも、の中には、五〇、六〇になって風呂なしワンルームの部屋でいつ来るかわからない仕事を待ちつつ警備員や駐車場のアルバイトで日銭を稼ぐ未来も含まれているんだって。もちろん結婚なんてできないし、子供なんて無理」

夢はさぁ、とだいぶろれつの回らなくなってきた口で〈の〉さんは言う。

「夢には……対価が必要なんだよ。時間だったり、努力だったり、お金だったり。やっすい人もいれば、めっちゃ高い人もいるの。今のあたしは、損切りして良かった、と思う。何の因果か、スコーニアンが来てくれたおかげで声優にはなれたしね〜」

なんかみんないたたまれない気持ちになって、やたら追加注文をした。わたしも久々にずいぶん飲んじゃった。

〈の〉さんは酔い潰れて、〈りー〉さんに担がれてタクシーに乗り込んで帰った。

わたしは酔いを醒まそうと、一駅手前で降りて線路沿いを歩いた。

声優は声が優れているわけでも、お芝居ができるわけでもない。わたしだって「豆腐の角に頭ぶつけて死にやがれ」という声質を持って生まれてきただけ。そこには努力も才能も何にも必要なくて、ただ生得の声質だけが関係する（ついでに言うとさ、「だいしゅき&ちゅうして」の二人も、アイドルとしては歌も踊りもう一ん？　だし、声だってわたしたち人間が聞く分にはなんにも特徴ないし、見た目も……や、何でもない）。

そもそも、声が優れている、声で演じることに優れている、ってどう言うことなんだろうね。前にスタジオで一緒になった時から、〈の〉さんの声、聞きやすくていいな、って思ってた。それだけじゃダメなのかな。ダメだよね。座れる椅子が三つしかないのに、座りたい人が百人いたら、たくさん良いものを持っている人から選ばれる。声も良くて、お芝居も良くて、見た目も良くて、さらに運も性格も人の縁も個性も、なんだかわからないけど何かを持っている人。

はー、わかりやすい強者生存。

足りない、でも夢を摑みたいって人は、〈の〉さんみたいに高いレートを払わないといけない……でもってどこかで払い切れなくなって、退場していく。舞台の上にいるのは、その三つの椅子に座れた人だけ。残りの九七人は見えなくなる。

舞台に立てたとしても、そのまま居続けられるとは限らない。他の道を選ぶ人、諦める人、疲れちゃう人、一人ずつ消えていって、見えなくなる。

それでも、なんとなくわかるんだ。

わたしはただの声優だけど、〈の〉さんはじめ、たくさんの人が椅子に座りたいと思う気持ち。

この椅子は君のものだよ。

君のためにあるんだ。

君がいなかったらこの椅子もこんなに素敵に見えなかった。

そう言われたいもの。必要だよ、って言われて、自分にしかできないことがあって、替えのきかない存在になれて……つまり、みんな《特別》になりたい。

〈とうふぉ〉のわたしですら、仕事が来たらわくわくするし、上手くできたら嬉しい。《特別》《希望》《夢》、全部素敵な言葉だけど、その素敵さは中毒になる。

細い月がぼんやり、薄い雲に隠れている。線路脇の道は飛び飛びに街灯に照らされている。その光の輪と輪の間、暗い部分に踏み込みたくなくて、助走をつけて飛び越そうとして、こけた。

深酒がたたって起きられず、次の日はリモートにした。そんなに急ぎではないレイアウトの確認と、進みの遅いライターさんの進行チェック、あとはオフィスグリコの点数を増やして欲しいという社内稟議を通すお仕事……いや、平和。

脂肪ちゃんは相変わらずぷーぷー言いながらも、アクエリを用意したり、ウコンを飲ませたり、豆乳スープを作ってくれたり、すっころんだ時にすりむいた膝に絆創膏貼ってくれたり、新婚さんかってくらい面倒見てくれる。この同居生活、けっこういいかも、と思いかけて、あーダメダメ、こいつは脂肪の概念、安楽さに負けてはやがて孤独死！　と自分を引き戻す。

と、エージェントから電話がかかってきた。

「上出さん、お、落ち着いて聞いてね！　今、座ってる？　周りに危ないものない？」

マネージャがめちゃくちゃうろたえつつも、バリアフリー並みの気遣いを繰り出してくる。なんだなんだ？

「あのね……映画の仕事が来た。しかも……決め台詞」

ばったーんと倒れた。でも、脂肪ちゃんの上だから大丈夫。

「とととっとととにかく、詳細来たら改めて伝えるので。来月の土日、NG日あったらおし」

「オールフリーです！　なんにもありません！　どこにでもスケジュール突っ込んで下さい！」

呆然としながら電話を切る。わたしの頭の下から、危うく爆散しかけた脂肪ちゃんが這いだしてきた。猛烈に腹を立てた様子だったけど、わたしの顔を見るなり口をつぐむ。

わかってる、今わたし、ライヘンバッハの滝から這いだしてきた五年もののモリアーティのミイラみたいな顔してる。

「え、えいが、えいがきた！　言っとくけど、エイじゃないよ！　映画ムービーシネマフィルムアニメーション電影！　しかも主役！」

脂肪ちゃんがべっらーんと倒れた。

地ス共同制作の超人作アニメ「時は豆の彼方に」。

地球人とスコーニアンが、星間戦争を乗り越えて結ばれる。迫り来る各種豆型敵性宇宙人を豆腐宇宙船に乗って迎え撃ち、醬油ビームやら味噌ボンバーやらが宇宙狭しと炸裂する。そして最後、再会した恋人同士がお互いを見つめ合い、微笑んで甘く囁くのだ……「豆腐の角に頭ぶつけて死にやがれ」。

なんでやねん。

いやでも合作と言いつつ制作費六兆円のうち五兆九千億を宇宙人側が持つから、文句は言えない。わたしだってかなりのギャラ貰えちゃうはずだ。わくわくしめしめ。

そしてわたしは初めて生スコーニアンに会った。今までは音声だけ中継で繫いでいたし、台本を追うのに必死で向こう側のモニターなんて見ている余裕なかった。

でもさすが超大作。各国のキャストが集められ、顔合わせパーティなるものがあったのだ。ほえー、人間版の声優さん、素敵。なんかすごい偉そうな人、たくさんいる。わお、あれオマール海老じゃね？　後で絶対食べる！

壁際からギラギラした目でブッフェテーブルを凝視するわたし、その手には晴れの席には似つかわしくない大きめのトートバッグ。

バッグがもぞもぞ動く。そう、中には脂肪ちゃんが入っている。一人で参加するのが心細くて、脂肪ちゃんについてきて貰ったのだ。大丈夫、他の人には枕に見えるはずだから（トートバッグに枕を詰め込んでパーティに出席するのもだいぶヤバい奴だけど）。でも今は出たいアピールすな。夜職のおねーさんが飼ってる見せびらかし用チワワくらい大人しくしてて。

ってか、さっきからあそこのスコーニアンがわたしのことずっと見ている気がするんだけど。地球人には見えない脂肪ちゃんも、もしやスコーニアンからは丸見え？　やっぱりバッグをクロークに預けるべきか、と思案している内に、スコーニアンがぬるっと近づいてきた。

「はじめまして、上出萌さんですね？」

小さなパイプオルガンみたいな、たくさんの音が重なった不思議な声。わたしは慌てて電子パッドを取り出した。

『はい、上出萌です。はじまめして』

焦って書き損じたけれど、スコーニアンは柔らかく笑ってくれた。この電子パッドは、地球人とスコーニアンの会話用。声帯が用意できない時は、筆談でしのぐのだ。

いやそれにしても……なんか不思議、スコーニアン。人間の形に似ているけれど、ちょっとだけ比率が違う。色が違う。質感が違う。動きが違う。似てるけど明らかに違う。炒飯とピラフ、土偶と埴輪くらい。

『あれ？　わたしの名前？』

「知っていますよ、もちろん。このパーティにいらっしゃる方のことは、全部」

眉毛っぽいところがさざ波みたいに震える。これは確か笑っている表現のはず。

『ごめんなさい、れたし、スコーニアンさんのこと、くわしくないので。まちがったら、すみせん』

あああ、誤字！　そして漢字書けない！　でもスコーニアンはふるふると眉毛を震わせている。ちょっとその様に勇気づけられて、大胆になった。

『地きゅうは、たのしいですか？』

「楽しいですね。素晴らしい文化や、素晴らしい自然、食べ物、芸術、この世界は驚きに満ちています。もちろん、ニンゲンの皆さまも素晴らしい」

外交上、一般人がスコーニアンの星のことは聞いちゃいけないことになっている。だからどう会話を続けようか考えて、こう書いた。

『地きゅうは、どこが好きですか？』

小学生の作文か。でもスコーニアンは、今度は耳っぽい部分をゆっくりと青と黄色に明滅させながら（これは自分の内面を見つめている状態、らしい）答えてくれた。

「アキハバラ。あの町には色々なものがあってとても賑やかで楽しい。わたしはいくつかのお土産を買いました」

おお、スコーニアン、ジョンと仲良くなれそうじゃん。

『わたしも、あきばはらに行ってみます。あと、あの』

どうしよう、これ聞いてもいいのかな……外交問題になったりしないだろうか……いや、でも、気になる……ええい！

『なんで、豆映画ですか？』

あ、ちょ、え？　スコーニアンの毛髪と思しき部分が全部逆立って、回転し始めた。うっそ、それカツラなの？　あ、もしかしてこれはもの凄く聞いちゃいけないことだった?!

やばい、豆の代わりに人類駆逐されちゃうかも！

と思ったらスコーニアン、ぬっるとわたしの両手を握り、

「よくぞ聞いてくれました！　ニンゲンの皆さま、誰もそれを聞いてくれない、何故でしょう？　そもそも振り返ること三ピョイ四九ニュルルン前、我々スコーニアンはにっくき豆どもと長きにわたる抗争を……」

そうか、カツラ大回転はスコーニアンのテンションが爆上がりした時なのね。このオタク特有の早口と相手が聞いてようが聞いていまいが一方的に知識を開陳しちゃう感じ、やっぱジョンと仲良くなれるじゃん。

それからスコーニアンは夢中になって話し続け、ついにカツラは回転しすぎてドローンのごとく、飛んだ。話はパーティが終わるまで続き、わたしはオマール海老はおろかかっぱえびせんすらつまめず、バッグの中では脂肪ちゃんのいびきが響いていた。


それからまた五ヶ月後。

わたしはまだアフレコ現場に行けていない。制作が遅れているわけでも、資金が尽きたわけでもない。

豆が攻めてきた。

正確には、スコーニアンの永遠のライバル、マメタリアンが。

スコーニアンは直ちにそれを迎え撃ち、おかげで映画実写パートの撮影が延期になった。

で、今、わたしはあのパーティで出会ったスコーニアンに深々と頭を下げられている。

やっぱりちょっとテンション上がっているのか、カツラが今にも飛び立ちそうに悶えている。今飛ばれると、たぶんわたし直撃だから、ごめん、耐えて。

「上出萌さん、あなたしかいません。お願いします！」

パイプオルガンがびりびりと歪んでいる。これはどういう響きなんだろう。「てめぇ言うこときかねぇとチタマごとぶっ飛ばすぞ」じゃないと良いけど。

スコーニアンが言うことにゃ。

マメタリアンとの戦線の最前線に出ていって、わたしの声で、叫んで欲しい。もちろん肉声じゃない。周波数変換器で相手陣営に拡散するそうな。マメタリアンに音響兵器を使用したことはないけれど、それは今までに「豆腐の角に頭ぶつけて死にやがれ」という意味を持った声が存在しなかったから。もし、わたしが全力でマメタリアンにこの声をぶつけたら、奴らの戦意はゆし豆腐のごとく雲散霧消するかもしれない、と。

「あなたの道中の、そして戦線での安全はもちろん一〇〇%保証されます。どうか全人類を代表して、この役目を引き受けて下さい！」

ふむむ。

もしかしたら、これがわたし専用の椅子で、わたしの《特別》なのかな。

いいかもね、わたしの声でこれ以上犠牲者を出さずに戦争を終わらせることができるなんて。なんだっけ、そんな映画あったよね。

よっしゃ。

行ってやろうじゃないの、宇宙のどこへだって、お豆たちの星にだって。

でもって上出萌、一世一代の叫びを聞かせちゃう。

そう、宇宙の真ん中で愛とIを叫ぶのだ。

わたしは孤独な星のように

叔母が空から流れたのは、とても良い秋晴れの日だった。集まった親戚や友人一同は、さすが綺麗な放物線だったと誉めそやし、式後のお茶会でたんまり紅茶とビスケットを堪能して満足げに去っていった。

わたしは叔母のいない家に一人で帰った。叔母の本だらけの書斎に入り込み、大きな革張りの椅子に座る。小柄な叔母はこの椅子にすっぽり包まれるように座り、満足げに〝わたしのコクーン〟と呼んでいた。

繭のよう、とは叔母より少し背の高いわたしには言いがたかったけれど、叔母と同じくらい年老いて、頑固で、老健な椅子は艶出しオイルの甘い匂いがして落ち着けた。

叔母はこの椅子に座って何冊も本を書き、論文のミスや計算間違いを指摘するメールでそこそこの数の人を震え上がらせ、新しい理論を発表してちょっぴり世界を揺るがせた。と言っても叔母が強請り屋だったわけではない。叔母は物理学者だった。ただ少しばかり舌鋒鋭すぎ、少しばかり曖昧さに厳しすぎた。高名な学者だと知って好奇心たっぷりで話しかけてきた人があっという間に叔母にやり込められ「ああ、ちょっと呼ばれているので」だの「今日はお話し出来てとても楽しかったです」だのもごもご言い訳しながらいなくなるのを何度も見た。

人好きのする性格ではなかったと思う。

他の人と一緒に研究を続けることを三十代半ばで諦めた叔母は、それまでに貯めたお金とささやかな遺産でシュロップボロウの郊外にビクトリア様式の家を一軒買い、以降はそこで暮らした。配偶者なし、特別なパートナーなし、時折猫がいるだけ。

その生活の中にわたしが入り込んだのは、わたしの母、つまり叔母の姉の早すぎる落下がきっかけだった。それまで年に一回、誕生日の時に本を一冊ずつ送ってくれる神話の中の存在みたいだった叔母は、母の落下式に現れ、唇を固く引き結んでこう言った。

「本を大事にすること、好き嫌いをしないこと、猫たちと仲良くすること、コーヒーもダメ、騒いだりやかましい音楽をかけるのもダメ」

そうして、わたしは叔母の家に引き取られた。母より年下なのに、もう叔母の髪は真っ白で、でも桃みたいな綺麗な肌をしていた。わたしが五、六歳の頃は叔母は年をとった妖精に違いない、と思っていた。もしくは魔女。たくさんの猫を従えた魔女かもしれない。

家に引き取られてしばらくして、わたしが難読症、ディスレクシアだということがわかった。文字はわたしにとってはばらばらの記号だった。例えば、お、か、あ、さ、ん、という一文字ずつは読めても、繋がりがわからない。書いてあることを音にしたり、意味を見いだしたりすることができない。

叔母は呆れて、

「あなたの母さんも一言伝えてくれたら良いのに。そうしたらあなたの誕生日に、本じゃないものを送ったよ」

でもわたしは本が好きだった。その形、ページを開くときの感触、紙の匂い、整然と並んでいるわたしには意味がわからないたくさんの記号たち、挿絵やカラフルな模様。読めないけれど叔母から送られた本は飽かず眺めて、ページごとの構成はすっかり覚えてしまっていた。

もしかしたら母は、わたしがディスレクシアなことに気づいていなかったのかもしれない。頼んだのと違うものを買ってきてしまったり、鏡文字が直らなかったり、電車やバスに乗るのを嫌がったり、そういうことがあるたびに「あんたって子は」と言って済ませていた。叔母は一度も「あなたって子は」とは言わなかった。

「文章ってやつを、わたしたちはリボンとして見ている。でもあなたには紙吹雪に見えている。元はおんなじもんなんだけど、見え方が違うだけだね」

紙吹雪！　わたしの頭の中には、色とりどりの紙吹雪が舞っている。それはなんだかとても素敵な光景に思えた。

叔母は、わたしが紙吹雪をどうやったら捕まえられるか、いろいろ考えてくれた。例えば、スリットを切り抜いた厚紙で少しずつ字を読めるようにしたり、単語毎に色を変えてまとまりがわかりやすいようにしてくれたり。今まで頭の中をひらひらと飛び交っていた切れ端のような記号一つ一つに役割があり、繋がると意味があること、わたしが口にしていた言葉にはもう一つ〝文字〟という顔があることを、わたしははじめて知った。飛び跳ね、踊り回り、逃げだし、自由気ままに振る舞っていた文字が、叔母の魔法で並んでくれた。やっぱりこの人は魔女で、今わたしは魔法の呪文を覚えているのかもしれない、とワクワクした。

今では、集中すれば、ゆっくりとだけど読むことができる。叔母が送ってくれた本もようやく最後まで意味を追うことができた。

目の前の机はすべての書類の角がきちんと揃い、完璧に片付けられている。何も自分の死を悟ったからではなく、叔母はもともとそういう性格なのだ。対するわたしは、頭の中がいつもとっ散らかっていて、お茶をいれに台所にいったのに気がつくと庭でチューリップを植えていたりする。正反対なわたしと叔母だったけれど、一緒に暮らすのは不思議と楽だった。

家の中はとても静か。叔母の匂いのする繭の中で目を閉じると、温まった家が立てる密やかな物音や、遠くの家畜の鳴き声が聞こえる。叔母が愛用のマグカップを片手に家の中を動き回る音だけがしない。

たぶんいま、わたしは途方に暮れている。叔母の不在を、この静けさをどう処理していいかわからない。誰かがいることにイライラしたり、不満を募らせたりするのはわかる。でも誰かがいないことがこんなにも大きいなんて。

ぼんやり机の上を眺めていると、わたしの名前が書いてある封筒が置かれていることに気づいた。叔母の右肩上がりの細い字で、「イェニへ」と書いた封筒がある。わたし用に、赤や青のペンで書かれたカラフルな名前。開けてみると、レポート用紙にこれまた色とりどりの文字が並んでいる。

イェニへ

あなたがこれを読んでいると言うことは、わたしは流れたのでしょう（端っこまで線が引っ張ってあって、この書き出しはいいね、一回やってみたかった、と走り書きがされている）。ここ最近、体の中の歯車がうまく嚙み合わないみたいな、少しずつ水が零れていくみたいな感じがしていた。変なもんだね、いつか来るとは思っていたけれど、いざ目の前にするとさ。

あなたより先に流れることはわかっていたから、用意はしてある。必要な書類は、今あなたが座っているデスクの右の下の大きな引き出し。封筒毎に分けてあるから、ごちゃごちゃにしないように。面倒くさいことは、全部弁護士のカーショーに任せてあるから大丈夫。つまり、あなたは今後一生、その家に住むことができるし、たぶん生涯今と同じくらいの生活ができるだけのお金がある。もちろん、家を売って、どっか違う場所、すごくすごく遠くに行ったっていい。ロックスターを目指したって、髪を緑に染めたって、アイスクリームだけを食べて生きてもいい。あなたは自由。

一つだけお願いがある。

机の上、右端のライトの近くに、赤い革張りの小物入れがあるでしょう。その中に、わたしの母の形見の小さな鏡が入っている。これをあなたに残そうかと思ったけれど、あなたにとっては重荷なんじゃないかと思う。まぁつまり、わたしにとってそうだったんだよ。どうしたらいいかずっとわからなくて、その小物入れにしまいっぱなしだった。だから、あなたにそれを負わせることもしない。

代わりに、捨てて欲しい。コロニーの端、採光パネルの回転軸にエアロックがある。あそこから宇宙に流してくれる？　わたしからのお願いはこれだけ。あとはあなたが幸せに、楽しく生きていてくれたら嬉しい。

ああ、そうだ、一つ書き忘れていたけれど、もうすぐその家にわたしの友達が来るよ。式には来なくていいから、その代わりこの願いを叶えるために、あなたを手伝って欲しい、と頼んでおいた。ぱっと見気難しそうだけど、割と良いやつだから信用して大丈夫。

あなたがわたしを早く忘れるように。

遠い昔に聞いた歌のように、聞いたことは憶えていても確かには思い出せない、そんな存在でいいよ。

あなたといたのは楽しかった。

ありがとう。

猫をよろしく。


手紙を読んでいるうちに、猫の一匹がわたしの膝に上がり込んでいた。

この家の猫たちに名前はない。叔母は頑なに名前をつけようとはしなかった。そういう愛し方ではない、わたしたちはたまたま一緒にいるだけだとよく言っていた。

膝の上で丸くなっているのは、白黒ぶちの年老いた一匹だ。

わたしがこの家に来てから猫が流れるのに二回立ち会った。猫の星は流れない。猫には星がないから。叔母が名前をつけないのは、だからかもしれない。

昔、地球では、人が流れると地面に埋めたり、火で燃やしたりしたらしい。でもここでは土地は有限だ。そして酸素も。だから人の命が終わったら再生槽に戻す。ゴミや、資源と同じ。「死」にまつわる手続きは限りなく事務的になった。「死」を悼みたい人たちは、新しい儀式を作り出した。

わたしが住むコロニー〈オールドイングランド〉は細長い、鉛筆みたいな形をしている。シリンダー型と言われる古いタイプだ。六枚のパネルで構成された筒が二重になっていて、二つの筒が反対方向に回ることによって偏心や歪みを相殺する。パネルは交互に空と陸に割り振られている。空といっても、空に見えるスクリーン状の太陽光パネル。その空の部分に、星を模した発光体を留めた。星にはここに生きている人たちが紐付けられている。生まれた時の報告は「〇月〇日、小さな星が空に上がりました」。そして人が亡くなると、その星を落とす。わたしたちが知っている人、仲の良い人、コミュニティで特別な関わりのある人がいなくなると、通知が来る。わたしたちは、その人の星が空から外れ、火薬の綺麗な尾を引いて燃え尽きるのを集まって眺める。

それが、わたしたちの儀式。

わたしの母は流れた。

猫たちはいなくなった。

叔母は流れた。

わたしはいなくなることと、流れることとの違いがまだわかっていない。空をよくよく見れば、叔母の星があったところの空白が見えるだろうか。そのうち、その隙間は他の人の星で埋められるかもしれない（埋められないかもしれない。流れる星の方が上がる星より多いから。二千人を切ると、コロニーはキープできなくなる。それまであと一世代か二世代後だそうだ)。

星の空白と、人の空白は、何が違うんだろう。

次の日、本当に叔母の友人と名乗る人が訪ねて来た。

わたしたちがロシナンテと呼ぶ、移動式の荷物運搬機を従え、玄関の前に立っていた。真っ直ぐな黒髪をポニーテールに結び、強い目をしたぶっきらぼうな女性。驚いたことに、叔母よりずいぶん若い。

「あんたの叔母さんの星が落ちたのを見た。だから約束を果たしに来た」

彼女はレイリタと名乗り、すぐに旅に出られるか聞いてきた。必要なものはもう昨日のうちに準備してあった。食べ物や飲み物はロシナンテに積んであるからいらないと言う。レイリタはいつからこの旅に備えていたんだろう。

猫たちにたくさん餌と水を残して、猫の扉からいつでも外に出られるようにして、手鏡を入れたわたし用の小さな荷物をロシナンテに積んで、鍵をかけたら、それで出発。

この家を出ることがあまりに簡単で、驚いている。

叔母の家から、コロニーの近い方の端までは約七十三キロメートル。五日かけて歩く。

老いたコロニーは、そのほとんどが放擲されている。わたしたちが住んでいた郊外の家から先はムーア、荒れ地だ。軌道車も使えないので歩いて行くしかない。家から少し離れると、もう幹線道路は補修もされず荒れ放題になっていた。苔や地衣類はじりじりと橋頭堡を築いているが、本格的な草木の侵食からは辛うじて守られている。歩きにくいボロボロになった舗装の上を、遥か彼方にあるコロニーの端を目指して歩いて行く。

わたしはこんなに遠出をするのは生まれて初めてだった。人々は小さく集まり、生活機能を集中させてエネルギーの無駄を防いでいる。母の家を出て、少し郊外の叔母の家に移ったのがわたしの生涯最大の旅だった。

最初は緊張して、見るもの全てに驚きながら歩いていたけれど、数時間もするとただ次の一歩のことしか考えられなくなった。こんなことを五日間も？　わたしは何を始めてしまったのだろう。

わたしたちは進む。無口なレイリタと、無口なわたし。会話は殆どなく、聞こえるのは二人の靴が道を踏みしめる音と、ロシナンテの関節がリズミカルに軋む音だけ。

レイリタはずいぶん旅慣れている様子だった。ゆっくり着実に、同じペースで歩き続ける様子からも、わたしがすっかりバテているのに息一つ上がらない様子からも、歩くことに慣れているのがわかる。

休憩のために立ち止まると、手早くソーラーパネルを展開してロシナンテの充電をし、余剰電力でお湯を沸かしてお茶をいれ、ドライフルーツとナッツを固めたバーをくれた。みっちりと硬い、甘いバーを少しずつ齧りながら、レイリタをこっそり観察する。

年はわたしよりは上だ。最初に思ったよりは年上かもしれない。外の光の下で見ると、目元と口元にほんの僅かに細かな皺が見える。でも叔母よりは遙かに下。

いつも口元をきゅっと結び、目の前にあるものの中身を見通すように少し目をすがめてじっと見つめる。爪は短いけれど、綺麗なバーガンディが塗られていた。装飾のあまりない、体にぴったりした機能的な服に、フードのついたゆるやかなケープのようなものを巻き付けている。靴は年季の入った頑丈そうなブーツ。ほのかに日焼けした肌、眉毛も睫も濃くてしっかりしている。大きくて豊かな唇。瞳の色は……そこで顔を上げたレイリタと目があった。慌てて視線を落として、足下の草に急に興味が出てきたふりをする。

「バンドをやっている。だから旅が多い。バンドメンバーとあちこち歩いて回る。野宿をすることもある。だからロシナンテにはだいたいいつも荷物が積んである。こんなに長く歩くのは初めてだけどね」

低い声でゆっくり喋る。ざらりとした声、叔母の好きだった全粒粉のパンのような。

バンド？　ますます叔母との接点がわからない。それを聞こうかどうか迷っているうちに、レイリタは立ち上がってロシナンテに荷物を積み直し始めた。

「今日はもう少し進む。そのかわり、明日の朝はゆっくり出発する。たぶん」

そこでちょっとだけ笑った。

「あんたは動けないだろうから」


動けなかった。

全身が軋むようで、足は痛みの固まりだった。信じられなかった。こんな調子であと四日間も歩くのか。それだけじゃない。わたしは恐ろしいことに気づいた。行ったら、戻ってこないといけない。同じだけの距離を。

「今日が一番辛い。この後は体が慣れて少しずつ楽になる。帰りのことは考えなくていい。荷物が減ったら、あんたをロシナンテに乗せてやることもできる。だけどその時には、あんたはあたしと同じくらい歩けるようになっているよ」

レイリタはわたしの足をあちらに伸ばしたり、こちらに曲げたりさせながら言う。なぜなにも言わないのに、思っていることが全部わかるんだろう？　そう思いながら見ると、またにやりと笑う。

「あたしもそうだったから」

準備運動を終えると、痛みは少しマシになっていた。

幹線道路に沿って進む。

時折道が大きく損なわれているところに来ると、そこを迂回する。大きな木や森はあまりない。遠くまでがらんとした風景が広がる。水はけが悪く、池か水たまりのようなものができているところもある。小さな川が流れていることもあった。

朝起きてささやかな野営地を片付け、甘い紅茶とフルーツバーかチョコレートを囓る。昼になるとロシナンテを止め、お湯を沸かし、もったりとした塩味のポタージュのようなものと、目の詰まったほのかに酸味のあるパンを食べる。しっかりとお腹にたまり、午後もなんとか歩けるような気になってくる。夜はトーチを灯し、電熱器で調理をする。クスクスとドライトマト、水で戻す卵で作るオムレツ。豆と塩漬け肉の濃厚なスープにパン。煮込んだリンゴとサツマイモのピュレ。ロシナンテからは魔法のようにいろいろな食材が出てきた。そしてそれを組み合わせて食事を作るレイリタの腕も魔法のようだった。何も手伝えない自分を恥ずかしく思っていると、紅茶はあんたの担当だ、と任されるようになった。

お茶をいれていると、叔母の言葉を思い出す。

「急がせちゃダメだよ、あなただってお風呂にのんびり入っているときに、やれ耳の後ろは洗ったか、すすぎ残しはないか、あれこれ声をかけられたらいやだろ？　茶葉がお湯に浸かって、乾燥して縮こまっていた手足を広げて、あったかさに身を委ねて、抱え込んでいた秘密を話してもいいかな、って思うまで待つんだ。茶葉の秘密が溶け込んだお湯が、お茶だよ。色のついた水じゃない」

叔母のいれるお茶はいつもスプーンがたつほど濃くて、ミルクがたっぷり溶け込んでいた。レイリタもミルクティーが好きで、ロシナンテの中にはちゃんとフリーズドライの牛乳が入っている。朝はミルクティーを、晩にはハーブティーをいれる。茶葉が開くのを待つ時間、温かいマグカップを抱えてじっとしている時間、少しずつわたしたちの間にあるものもほぐれていくようだった。

夜寝るときには寝袋にくるまり、念のため周囲に警報器をセットする。寝ている間に余剰電力で空気中から水を取り出す。その静かなモーターの音を聞きながら、叔母の手鏡の縁を指で辿る。滑らかな木の感触。叔母の母だから、わたしにとっては祖母だ。祖母が撫で、叔母が撫で、もしかしたらわたしの母も撫でたかもしれない。壁のない、広い広い空間の中でその形は少しだけわたしを安心させ、眠りにつくのを助けてくれた。


欺し欺し、少しずつ歩いて行くうちに、確かに体は楽になっていった。レイリタが黙ってチョコレートや飴を差し出す回数も減った。

景色を見る余裕も出てきた。昔はこのコロニー全部に人が住んでいたこともあるという。資材は全て回収されていたが、時折平らに均された、かつて人の家だったらしい跡を見た。草はあらゆるところに生え、道路が使えないと、進むのにずいぶん苦労した。

コロニーの端に近づくにつれ、起伏が激しくなってくる。丘と丘の間に入りこんだとき、衛星測位《SPS》システムが途切れた。見上げれば前後の方向くらいはわかるが、丘のどっち側に回れば幹線道路に戻れるかはあやふやだ。驚いたことにレイリタはロシナンテの中から紙の地図を取り出した。それをわたしに投げてよこす。

「あんたは幹線道路沿いに辿っていって。たぶん、少し前に見たのがグライトンの跡だと思う。その先にはイルクリーの街があったはずだ」

それから、ケープをしっかり巻き付け、近くの藪に突っ込んで丘の上を目指して登っていった。がさがさという音と草の揺れが遠ざかっていく。

わたしは途方に暮れ、紙の地図を受け止めたままただ突っ立っていた。まさかこの旅の中で文字を読むことになるとは思わなかった。紙吹雪を制御するためのものを何も持ってきていない。おそるおそる地図を広げる。

おそらく幹線道路だろうと思う太い線はある。だけど自分のいる場所は？　地図いっぱいに散らばっているのが、地図記号なのか文字なのかわからない。焦って目をさまよわせるが、ますます混乱するばかりだった。これは道なのか、それとも文字の一部なのか。この形は山？　それとも記号？　曲がった線、真っ直ぐな線、形と記号、たくさんの紙吹雪が脳内を飛び回り、必死で摑もうとしてもすり抜けていく。目眩がして座り込んだ。

いつの間にかレイリタがおりてきて、驚いた様子でわたしの肩を摑んでいる。ぼんやりと、初めて触れられたな、と思った。

「わたしは、文字が読めない。ごめんなさい、わからない」

目眩をおさえるため、目を閉じたまま言う。レイリタの表情が変わるのを見たくなかった。肩をぎゅっと摑まれた。反射的に目を開ける。少し眉をひそめ、じっとわたしの顔を見ているレイリタがいる。

「言ってくれてありがとう」

それから地図を思い切りぐしゃぐしゃと丸め、藪の中に放り込んだ。

「ここがどこかわからなくても、目的地があるなら、迷子じゃない」

そしてにやりと笑う。わたしも釣られて笑い、それからレイリタのケープにたくさんついた草の実を二人で笑いながらせっせと取った。


少しずつ、休憩中に話すことが多くなった。

レイリタがバンドと移動中に、野生の山羊に襲われたこと。山羊の縄張りに気づかず入りこんでしまったらしい。猛烈な勢いで山羊が突進してきて、ギターの人に体当たりした。その人は背負っていたギターごと吹っ飛んで、落ちるときにとんでもない音がして、驚いた山羊は逃げていった。ギターは使い物にならないくらい壊れていたけれど、おかげでわたしたちは助かった、とレイリタは笑った。

「野山羊と野良山羊の違い、わかる？」

「帰れなくなった山羊と、帰りたくなくなった山羊……？」

「いいね、その言い方。飼われていた山羊が逃げ出したら野良山羊。野良山羊が野生として定着すると野山羊」

「じゃあ、今わたしたちは、野良人間になりつつあるね」

「帰りたくなくなった？　そしたら野人間までもう少しだ」

レイリタと叔母の接点も少しずつ見えてきた。彼女のバンド――そこそこ売れていて、わたしでも聞いたことのある曲が何曲かあった――物理学者の叔母とレイリタを繫いだのは、そのバンドが発表した、物理用語を使った恋愛の歌だった。

「ひどい歌だったと思うよ。背伸びして小難しい言葉をいっぱい詰め込んで、それなりに深い意味があるみたいに匂わせているだけ」

レイリタは肩をすくめる。ひどい歌だけど、割と売れた。ある日、理解もできていない言葉をもてあそぶな、と痛烈に罵る手紙が届いた。

ご丁寧に手直しした歌詞付きで。

送られた歌詞で歌い直したVer．2は元の歌を上回るヒットになり、レイリタたちは手紙の送り主をライブに招待した。ライブ会場に現れた叔母は、意外なことにレイリタたちのバンドを気に入り、レイリタたちも率直で辛辣なユーモアの叔母を気に入った。中でもレイリタと叔母は意気投合した。

そういえば時々、叔母にしては妙に遠慮がちに、街へ行くけれど一緒に来ないか、と誘ってくることがあった。わたしにとって文字で溢れた街に赴くことは、混乱と苦痛でいっぱいの嵐に踏み込むよう。できれば家で絵を描いていたり、庭で草花の世話をしている方がいい。だからいつも断ってしまっていたけれど、もしかしたらあの時、叔母はレイリタたちのライブに行っていたのだろうか。

わたしがその誘いを受けていたら。

わたしがもっと早くレイリタと出会っていたら。

何が変わっていたんだろう。

レイリタの語る叔母は、シニカルで、機知に富んでいて、新しいものをどんどん試し、前に進んでいく好奇心に満ちた活発な女性だった。

知らなかった。叔母が苦いビールが好きで、だけど弱くて、酔うと柔らかな産毛の生えた薄い皮膚が染まって、さらに桃みたいになること。いつも辛辣な口調がもっと辛辣になって、でもよく笑って冗談も同じくらい言うこと。ラテンもソウルもジャズもヒップホップもサイケもファンクも好きだったけれど、ラップだけはお気に召さなかったこと。

真面目なことも不真面目なことも語り合い、よく笑い、よく怒る、わたしの知らない叔母の顔がたくさんあった。叔母のことを語るレイリタの顔も、わたしの知らない顔だった。

叔母とレイリタは特別な関係だったのかしら。

わたしはまだお酒を飲んでみたことがないけれど、今度レイリタを呼んで、叔母と三人で音楽をかけながら一晩過ごすのもいいかもしれない。この季節だったら庭にテーブルを出そう。木にランタンをひっかけて、裸足で芝生の上を歩いて、叔母の好きなピムスをレモネードで割って、

その時、突然それが来た。

きっとわたしが振り返るのをずっと待っていたんだろう。気を緩めるのを、忘れるのを、油断するのを。

巨大な波に呑み込まれたみたいだった。

息もできず、凄まじい力に捕まってどうすることもできず、翻弄され、もみくちゃにされ、ただひたすらあえいで、抗って、でも。

わたしはようやく理解した。

死ぬことはいなくなることではない。

死ぬことは星が見えなくなることではない。

埋めようのない不在を、どうしようもない空白を、一生残る寂しさを抱えることだ。もう何も生まれない。音楽は途切れ、何の音もしない。

もう会えない。

もう、二度と会えない。

涙と鼻水でぐちゃぐちゃになって「もう会えない、もう会えない」とだけ繰り返すわたしをレイリタが腕の中に抱え込む。突然心の中に落ちてきた叔母の死は、圧倒的な力となってわたしを呑み込み、嗚咽と悲鳴で爆発しそうだった。

悲嘆の大波は何度もやってきてはわたしを呑み込み、やがて少しずつ引いていった。波が引いた砂浜には、空っぽになったわたしが残された。だけど、砂浜はしっかりと確かで温かかった。

「イェニ、あんたの叔母さんはもういない、もう会えない。だけど会えるんだよ。また会える、大丈夫。進もう、叔母さんの願いを叶えたら、きっとわかる。大丈夫」

レイリタはずっとわたしを胸に抱え「大丈夫」と囁き続けた。その音が、言葉が、空っぽになったわたしをまた埋めていく。レイリタの言葉が、涙がわたしに降る。

塩辛い、温かい、そして心地よい音だった。

わたしたちはコロニーの終端につく。

目の前に直径約十六キロメートルの採光パネル、コロニーの端がそびえ立っている。巨大な円盤はあまりに大きくて、あまりに当たり前に存在していて、それを頭がなかなか認識しない。見上げると、円盤の対岸は空気のレイヤーにさえぎられ、遠く霞んでいる。たぶん、わたしが一生で見る中で一番大きなものだ。

先を歩くレイリタが振り返る。

「整備用エレベーターを探す。メンテナンスハッチまで上がれるはずだ」

わたしたちは端に沿って歩き、半ば草で埋もれかけたドアを見つけた。エレベーターにはしばらく誰も乗っていないようだった。埃っぽくて、ガラスには汚れの筋がついている。採光パネルの真ん中まで十五分。少しずつ変わっていく景色を、わたしたちは黙って見ていた。

コロニーの中心に近づくにつれ、体が軽くなっていく。わたしたちはエレベーターのロッカーからベストを出して着込み、ケーブルを繋ぎ、お互いに確認し合った。エレベーターから漂い出ると、わたしは世界の真ん中、そして世界の果てにいた。ここで終わり。ここまでがわたしの知っている全部。

コロニーの反対側の端までは約百五十キロメートル。とても遠くに逆側の採光パネルが見える。こんな風にコロニーを一望したのは初めてだった。それはとても大きくて、そしてとても小さかった。

空を星が流れる。

誰かが死んだ。

世界は静かだ。

振り返る。大きな採光パネルに比べると、驚くほど小さなメンテナンス用のハッチ、この向こうは宇宙。

今まで、このコロニーを出ることを真剣に考えたことはなかった。いつか、そのうち、きっと。子どもの頃に思う結婚や出産みたいなもの。

いつか、そのうち、きっと。

だけど今、その選択肢はもう少し確実な重さでわたしの中にある。

『もちろん、家を売って、どっか違う場所、すごくすごく遠くに行ったっていい。ロックスターを目指したって、髪を緑に染めたって、アイスクリームだけを食べて生きてもいい。あなたは自由』

わたしは自由。

その考えは、扉のようだった。開けてもいい、開けなくてもいい扉。その向こうには違う景色がある。知っているつもりだった庭の片隅に、隠された扉があったのかもしれない。その扉は思い込みや安寧や、変わることへの不安という蔦で覆い隠されていた。

扉の向こうは明るくて、美しくて、広い。そしてとても怖い。

レイリタがエアロックを操作する。内側の扉を開け、叔母の手鏡を置いた。それから扉を閉め、操作パネルで外側の扉を開く。手鏡が外に吸い出される。真っ黒な宇宙が手鏡を呑み込んで、そして遠くで小さな光がカチッと瞬いて、それでおしまい。

旅の終わりがあまりに呆気なく、わたしはその場を離れることができなかった。

「どうしてわざわざここまで来ないといけなかったの？　手鏡一つ、どこでだって捨てられるのに」

レイリタも隣で静かに窓の外を見ている。

「北極星になりたかったんじゃないかな、あんたの叔母さんは」

少しおいて、レイリタが言葉を続けた。

「昔、あたしたちのずっとずっと前のお祖母ちゃんたちが住んでいた地球も、〈オールドイングランド〉みたいに回転していた。その軸の先に見えたのが北極星。だから北極星は動かない。動かない星を目当てに、船乗りや旅人たちは旅をした」

レイリタの睫の縁に、小さな水の塊が引っかかって震えている。

「ここなら北極星と同じように、動かない星でいられる。だからここじゃなきゃいけなかった。あんたの叔母さんは流れて消える星じゃなくて、動かない星になりたかった」

レイリタが瞬きをすると、水の玉がぱちんと弾けて漂った。

「ここから、あんたを見守る。ずっと」

叔母の星。夜になって採光パネルが閉じて、その暗闇の向こうに小さな手鏡の反射する光を見つけられなくても、わたしは知っている。叔母の星がそこにあること。小さな小さな光がきらきらと瞬きながら、わたしを見ていること。

このコロニーを離れても、宇宙のどこに行っても、きっとその小さな光はわたしと共にある。

もう会えない。でも叔母はいる。ここに。

レイリタと二人、小さな光を見ている。

レイリタとの旅はまだ半分。帰る旅の途中で、叔母の書いた歌を歌って貰おう。

いつかわたしも笑おう、桃のような頬で、あなたに。

初出一覧

「糸は赤い、糸は白い」ゲンロン 大森望 ＳＦ創作講座／再録：『ＳＦのＳは、ステキのＳ＋』早川書房、2022年
「祖母の揺籠」『2084年のＳＦ』ハヤカワ文庫ＪＡ、2022年
「あるいは脂肪でいっぱいの宇宙」ゲンロン 大森望 ＳＦ創作講座／再録：『NOVA　2023年夏号』河出文庫、2023年
「いつか土漠に雨の降る」ゲンロン 大森望 ＳＦ創作講座（「あのおとのようにそっと」改題）
「Yours is the Earth and everything that's in it」『WIRED』日本版 2023年5月22日記事
「宇宙の中心でＩを叫んだワタシ」ゲンロン 大森望 ＳＦ創作講座
「わたしは孤独な星のように」ゲンロン 大森望 ＳＦ創作講座

※ゲンロン 大森望 ＳＦ創作講座はすべて2022年、柿村イサナ名義での発表

わたしは孤独《こどく》な星《ほし》のように

二〇二四年五月　十五日　発行
二〇二四年八月二十五日　再版

著　者　池《いけ》澤《ざわ》春《はる》菜《な》

発行者　早　川　浩

発行所　株式会社　早川書房

郵便番号　一〇一 - 〇〇四六
東京都千代田区神田多町二ノ二
電話　〇三 - 三二五二 - 三一一一
振替　〇〇一六〇 - 三 - 四七七九九
https://www.hayakawa-online.co.jp

印刷・精文堂印刷株式会社　製本・大口製本印刷株式会社

ISBN978-4-15-210328-4 C0093

SFのSは、ステキのS

池澤春菜

イラスト・マンガ：COCO

A5判並製

池澤春菜は声優である。しかしてその実態は、SFを始めとする趣味への道まっしぐらのオタク女子であり、なんぴともその行動を阻むことはできないのだ。SFマガジン連載時のcocoのマンガに加え五百項目に及ぶ「ステキな用語集」を書き下ろしたエッセイ集。

早川書房の単行本

SFのSは、ステキのS＋

池澤春菜

イラスト・マンガ：coco

A5判並製

声優であり、同時に屈指のＳＦマニア＆読書家でもある池澤春菜による、〈ＳＦマガジン〉のコミックエッセイ（イラスト：ｃｏｃｏ）の五十回分を集成！　読書やゲーム、チリ留学、コロナ禍のなか日本ＳＦ作家クラブの会長に就任してからの激闘の日々のすべて。